六畳間の侵略者!? 43

最強の布陣で
敵を迎え撃て――!

まさかの重婚許可……!!?
『青騎士閣下はご誠実であられ、配偶者を決めかねておられる事は誰もが知るところでありますが……これまでの議論を踏まえますと、配偶者を一人に定める必要がないのではありませんか?』
『えー、ご質問の件でございますが、法務省としましてもそのように解釈しております。青騎士閣下は既に廃止されている旧戸籍法によって付与された権利に基き、配偶者を複数持つ事が可能です』

六畳間の侵略者!?43

健速

HJ文庫
1097

口絵・本文イラスト　ポコ

もくじ

キャラクター勢力図
笠《かさ》置《ぎ》静《しず》香《か》
孝太郎の同級生で
ころな荘の大家さん。
その身に
火竜帝アルゥナイアを宿す。
クラノ＝キリハ
想い人をついに探し当てた地底のお姫様。
明晰な頭脳によって
恋の駆け引きでも最強クラス。
地底人（大地の民）
里《さと》見《み》孝《こう》太《た》郎《ろう》
ころな荘一〇六号室の、
いちおうの借主で
主人公で青騎士。
松《まつ》平《だいら》賢《けん》治《じ》
孝太郎の親友兼悪友。
ちょっとチャラいが、
良き理解者でもある。
松《まつ》平《だいら》琴《こと》理《り》
賢治の妹だが、
兄と違い引っ込み思案な女の子。
新一年生として
吉祥春風高校にやってくる。
孝太郎の幼なじみ

ころな荘の住人
藍《あい》華《か》真《ま》希《き》
元・ダークネスレインボゥの
悪の魔法少女。
今では孝太郎と心を通わせた
サトミ騎士団の忠臣。
幽霊状態
魔法少女
（フォルサリア魔法王国）
虹《にじ》野《の》ゆりか
愛と勇気の
魔法少女レインボーゆりか。
ぽんこつだが、決めるときは決める
魔法少女に成長。
東《ひがし》本《ほん》願《がん》早《さ》苗《なえ》
孝太郎に憑りついていた幽霊の女の子。
今は本体に戻って元気いっぱい。
幽霊少女
ティアミリス・
グレ・
フォルトーゼ
青騎士の主人にして、
銀河皇国のお姫様。
皇女の風格が漂ってきたが、
喧嘩っ早いのは相変わらず。
ルースカニア・ナイ・
パルドムシーハ
ティアの付き人で世話係。
憧れのおやかたさまに
仕えられて大満足。
クラリオーサ・
ダオラ・
フォルトーゼ
二千年前のフォルトーゼを
孝太郎と生き抜いた相棒。
皇女としても技術者としても
成長中。
アライア姫
ナルファ・
ラウレーン
正式にフォルトーゼからやってきた留学生。
孝太郎達とは不思議な縁があるようで……？
桜《さく》庭《ば》晴《はる》海《み》
二千年の刻を超えた
アライア姫の生まれ変わり。
大好きな人と普通に暮らせる今が
とても大事。
宇宙人（神聖フォルトーゼ銀河皇国）

最初の青騎士領!?

ROOM No.106
CORONA-SOU

孝太郎とラルグウィン　十二月四日(金)

晴海《はるみ》の魔法《まほう》で傷口が凍結《とうけつ》していたおかげで、ラルグウィンの命に別状はなかった。だが傷そのものは大きく、骨を再建し傷を塞《ふさ》ぐ大手術が行われた。もちろん手術には麻酔《ますい》が使われたので、彼《かれ》が目を醒《さ》ましたのは数日後の事だった。

「……夢であるようにと思う程《ほど》、未練たらしい男のつもりではなかったが……意外とそうでもないらしいな……」

それが目覚めたラルグウィンの第一声。麻酔が切れて目を醒ました時、彼は思わず肩《かた》の傷の有無《うむ》を確認《かくにん》した。そしてそこには傷があり、少なからず落胆《らくたん》した。傷の痛みより、その落胆の方が大きかった。

「引き摺《ず》るぞ、その手の感情は。俺《おれ》は抜《ぬ》け出すまで長くかかった」

そんなラルグウィンの呟《つぶや》きに応える者があった。もちろんラルグウィンは答えを期待していた訳ではない。そして何よりそれが知っている人間の声であったから、彼は酷《ひど》く驚《おどろ》いていた。

「青騎士《あおきし》!?」

「よう、ラルグウィン」

声の主は孝太郎だった。病室の扉《とびら》の所に立っていた孝太郎は、ラルグウィンに挨拶《あいさつ》をするとゆっくりとベッドに近付いていった。

「そろそろ起きるという話だったんで様子を見に来たんだが……どうやらタイミングが良かったらしいな」

敵の下を訪《おとず》れたにもかかわらず、孝太郎は普段着《ふだんぎ》だった。武装もしていない。だがそうしたものは必要ないだろう。ラルグウィンは重傷だったし、そもそも抵抗《ていこう》の意思を見せていなかった。

「敗者を笑いに来たか？」

とはいえ、皮肉を言うぐらいの根性《こんじょう》はある。負けを認めたとはいえ、ラルグウィンも一軍の将。反骨精神は健在だった。そんなラルグウィンの言葉に対して、孝太郎は首を横に振《ふ》った。

「いや、少しお前と話がしたかっただけだ」

「それを笑いに来たというのだ。……それで、何を聞きたい？」

孝太郎の立場なら、ラルグウィンの口から聞き出したい事は沢山《たくさん》ある筈《はず》だった。だからラルグウィンは小さく苦笑《くしよう》すると姿勢を正す。その時軽く肩の傷が痛んだが、ラルグウィンがそれを顔に出すような事はなかった。

「お前にとって、ヴァンダリオンという男は何者だったんだ？」

孝太郎は何気ない様子でそう尋《たず》ねたが、この質問はラルグウィンにとっては予想外のものであり、彼は大きな驚きの表情を作った。彼は軍の配置や何かを尋ねられるかと思っていたのだ。

「……意外と、本当に話をしに来たのだな、青騎士」

だからラルグウィンはもう一度苦笑すると話し始めた。マーズウェル・ディオラ・ヴァンダリオンという男が、自分にとって一体どんな人間であったのか、という事を。


ヴァンダリオンという男は、一般《いっぱん》に苛烈《かれつ》な猛将《もうしよう》として知られていた。自ら先頭に立って強力な軍を率い、反乱を鎮圧《ちんあつ》するなどの多くの戦功を挙げてきた人物だった。やり過ぎを批判される事もあったが、それでも実績自体は評価され、尊敬を集めていた。だがそんな彼自身の胸の奥《おく》にも反乱の芽――フォルトーゼの乗っ取りという大きな野望が隠《かく》されていた。それが明らかになった事で、現在の評価は皇家に反旗を翻《ひるがえ》した野望の猛将というものに落ち着いていた。

「………だがどれだけ邪悪《じゃあく》な人間であっても、全ての人間に対して例外なく邪悪である事は珍《めずら》しい。俺にとっては苛烈ながらも優《やさ》しい師であり、目指すべき目標だった」

ラルグウィンはヴァンダリオンの甥《おい》だった。だから小さな頃《ころ》から面識があり、遊んで貰《もら》った事も、指導を受けた事もあった。そして胸に勲章《くんしょう》がたくさん並ぶその堂々たる姿は、ラルグウィンの憧《あこが》れでもあった。いつか自分もと、そう願わずにはいられなかった。

「しかしヴァンダリオンは反乱を起こした。お前ほどの奴《やつ》が、何故《なぜ》それに加担した？」

ラルグウィンの言葉は孝太郎にも分かるものだった。分からないのはラルグウィンが反乱に加担した事。孝太郎の知る限り、ラルグウィンという男は安易にそういう事をする人物ではないように思えたから。

「最初は国民達《たち》と同じだ。単純に叔父《おじ》上の言葉を信じていた」

ラルグウィンも最初はヴァンダリオンの野望には気付いていなかった。国民同様にヴァンダリオンの扇動《せんどう》に乗せられていたのだ。だから自ら進んで戦いに参加した。

「途中《とちゅう》で気付いた筈だ」

「無論だ。酷く驚いた。いや、信じられなかったというのが正しいな」

ラルグウィンも無能ではない。だから共にエルファリアを追及するうち、ヴァンダリオンがやっている事が実は反乱の類である事に気が付いた。その時の驚きは並大抵《なみたいてい》のものではなく、足場が崩《くず》れるかのような感覚を味わう事になった。

「それを知って何故?」

「既《すで》に引き返せない状況《じょうきょう》にあったという事もあるが……実際のところは自分の心に従った。叔父上を裏切れなかった。勝たせてやりたかった。結局あの人は……俺の目標だったのだ」

ラルグウィンが反乱だと気付いた時点で、ヴァンダリオンは既に軍を使った大掛《おおが》かりな作戦を展開していた。もちろんラルグウィンもその中核《ちゅうかく》メンバーとして活動していた。だから気付いた時点でラルグウィンは既に後には退けなかった。そしてヴァンダリオンは反乱の首謀者《しゅぼうしゃ》であるから、負ければ間違《まちが》いなく死刑《しけい》になるだろう。だからヴァンダリオンを勝たせたかった。その命を守る為《ため》にも、その大望《たいもう》を成《な》し遂《と》げさせる為にも。ヴァンダリオンはラルグウィンにとって厳しくも優しい叔父、そしてヒーローだった。ラルグウィンにはどうしても彼を裏切る事が出来なかったのだ。

「ヴァンダリオンがやっている事に目を瞑《つぶ》らざるを得ない程に、お前にとって大事な人間だったという事か」

「貴様とて覚えがあろう？」

「ああ。俺にとっては、アライア陛下がそうだった」

孝太郎がアライアを助けようと思ったのは、彼女《かのじょ》の目的の為ではない。誰《だれ》よりも国民と国を大切に思う、その献身的《けんしんてき》な姿に心打たれたからだ。だから孝太郎はアライアを勝たせたいと思った。そういう者が指導者であるべきだと信じた。結局のところそれは、アライアの為だったのだ。それは方向は違《ちが》えど、ラルグウィンとヴァンダリオンの間にあるものと同じだった。

「つまり……俺とお前の対立は避《さ》けられなかったという事だ」

ヴァンダリオンの後押《あとお》しをする。ヴァンダリオンが道半ばで倒《たお》れたら、その目的を引き継《つ》ぐ。ラルグウィンには戦うしかなかったのだ。孝太郎が今もなお、青騎士《あおきし》として剣《けん》を握《にぎ》り続けるように。

「よく分かった。確かに、そういう事になるな」

同じ気持ちを抱《かか》えて向き合っているなら、衝突《しょうとつ》するしかない。孝太郎とラルグウィンの衝突は不可避《ふかひ》だ。結末はどちらかが信念を捨てるか、決着を付けるかの二つに一つ。必然的に大きな戦いにならざるを得ず、決着後にこうして両者が無事なのは奇跡《きせき》だった。

「納得《なっとく》したよ。ありがとう」

言葉通り、孝太郎は納得した様子で頷《うなず》いた。孝太郎はずっと気になっていたのだ。何故ラルグウィンが戦いを選んだのか、その理由が。ラルグウィンがファスタに慕《した》われている事もその感情を後押ししていた。しかしラルグウィンが戦う理由がこうしたものであったのであれば、孝太郎にも分からなくはなかった。

「ふん、礼を言われるような事ではない」

対するラルグウィンは落ち着いていた。戦いに敗れ、死刑を待つ身であるというのに。だが孝太郎はそれを不思議だとは思わない。きっと孝太郎もアライアやティア、エルファリアの為に精一杯《せいいっぱい》戦った後であれば、敵に捕《つか》まっても騒《さわ》ぎはしないだろうと思うから。

「最後に一つ、伝えておく」

去り際、孝太郎は思い出したようにそう付け加えた。

「ファスタさんは去った」

それは一貫《いっかん》して仲間を大事にしていたラルグウィンにとって重要な情報の筈だった。実際、それを聞いたラルグウィンは大きく目を見張った。

「拘束《こうそく》しなかったのか？」

「そういう取り引きだったんだ。お前をグレバナスや灰色の騎士と引き離《はな》すまでは協力する、とな」

孝太郎達《たち》はファスタを捕《とら》えて、無理矢理《むりやり》協力させた訳ではない。ファスタが取り引きをもちかけ、孝太郎達はそれに乗った。それが済んだからファスタが去り、敵同士に戻《もど》ったのだ。

「引き離す、か……」

「理由は分かっている筈だ」

「ああ。俺があいつの進言を拒絶《きょぜつ》した以上、あいつにはこの方法しかなかった」

ラルグウィンはよく覚えている。ファスタがグレバナスや灰色の騎士と手を切るように言って来た時の事を。彼女は必死だった。ラルグウィンはそれを拒絶したが、それでもファスタは諦《あきら》めなかった。組織の中に居たままラルグウィンを救うのは不可能だと判断した彼女は、孝太郎達と取り引きをした。立場が逆であればラルグウィンもそうしたと思うので、彼もそこには納得していた。

「それでも、仲間が死ぬ事に心を痛めていたよ」

「グレバナスが行動に出れば、どの道兵士達には多くの犠牲《ぎせい》が出た。あいつが思《おも》い悩《なや》む必要はないんだ。愚《おろ》かなのは……俺を助けようとした事だ」

グレバナスが蘇生《そせい》技術の確立に成功した以上、敵対は時間の問題だった。するとラルグウィンの一派はグレバナスの死者の軍団と戦い、大きな損害が出ただろう。下手をすれば死者の軍団の材料にされたかもしれない。ラルグウィンが不利な状況でなお戦う事を選んだ時点で、どの道大きな損害は出たのだ。問題があるとすれば、ファスタがラルグウィンの為だけに命を懸《か》けている事の方だった。

「………お前は自分を過小評価している。ファスタさんにとってのお前は、お前にとってのヴァンダリオンなんだ」

「それが本当なら、あいつは俺を助けに来てしまうんだろうな」

ラルグウィンは病室の窓の外に目を向ける。そこには青空が見えているだけだったが、不思議とその視線は優しかった。

「そういう事だ。………じゃあな、ラルグウィン」

そう言って孝太郎はラルグウィンに背を向けた。知りたい事は全て分かった。伝えたい事は全て伝え終えた。必要な事を話したらすぐに帰る、それがティアやキリハとの約束だった。機密情報的な意味でも、孝太郎の身の安全の為にも、多くを話す事は禁じられていたのだ。

「まさか、それを伝えに来たのか？」

「とんでもない。お前を笑いに来たんだ」

「……そういう事にしておこう」

ラルグウィンは小さく笑うと無言で孝太郎を見送った。ラルグウィンの方も話し過ぎは良くないと分かっているのだ。こうして孝太郎は去り、ラルグウィンは病室に一人きりになった。それからしばらく、ラルグウィンは窓の外の風景を眺《なが》めていた。

病院から帰って来てからというもの、孝太郎はずっと考え込《かんがこ》んでいた。正確に言うと色々な事をしてはいるのだが、ふとした拍子《ひょうし》にその手が止まり、考え込んでいるのだ。今もそうで、孝太郎はソファーに座《すわ》って紅茶を飲みながら、何事かを考え続けていた。

「……………」

この時孝太郎の頭の中を過《よぎ》っていたのは、ラルグウィンとファスタの事だった。二人共敵であり、既に許されない事に手を染めていた。だが戦場を離れて向かい合った時、孝太郎は彼らが自分達と大して違わない人達である事に気が付いた。

――当たり前だよな。これは現実で、伝説やおとぎ話じゃない。分かり易《やす》い悪党なんて、そうそういやしない……。

孝太郎は自分が間違っていない自信はあったものの、彼らが絶対に間違っているという確信がなくなっていた。確かに彼らの行動や手段は間違っている。だがその行動の根っ子にある部分が間違っているようには思えない。大切な誰かの為に――ラルグウィンにしろ、ファスタにしろ、その部分は間違っていないように思えた。孝太郎達はそういう敵と戦っているのだ。思えばフォルトーゼが地球に接触《せっしょく》してからはずっとそうだった。何もかもが邪悪な敵など少数だった。そういうごく当たり前の人々と戦い続けてしまう事は果たして正しいのか？　しかし他にどんな方法があるというのだろう？　そういう悩みが孝太郎の頭の中で堂々《どうどう》巡《めぐ》りを続けていた。

ふに、ふにふに

そんな時の事だった。何者かの手が伸《の》びてきて、遠慮《えんりょ》がちに孝太郎の鼻を押《お》した。

「おわっ⁉」

これに驚いた孝太郎は思わず仰《の》け反《ぞ》った。

「きゃあっ⁉」

驚いた孝太郎に驚き、その何者かも仰け反る。その時にさらりと流れる特徴的《とくちょうてき》な虹色《にじいろ》の髪《かみ》が孝太郎の視界に入った。

「——って、急にどうしたんだい、ナルファさん？」

孝太郎の鼻を押したのはナルファだった。この時の孝太郎の言葉を聞いた瞬間《しゅんかん》、ナルファはぴたりとその動きを止めた。

「……あ、えと、そのぉ……じゃんけんに負けたので、コータロー様に、その、悪戯《いたずら》をしに参りました……」

そしてナルファは申し訳なさそうな顔で肩を窄《すぼ》める。

——じゃんけん？

孝太郎はその言葉でピンときた。じゃんけんと言うからには相手がいる筈だ。孝太郎はナルファの背後に目をやった。

「よく頑張《がんば》ったナルちゃん！　そういうの大事！」

「それでこそ侍《さむらい》！　日本男——ちがった、大和撫子《やまとなでしこ》！」

「勇気ありますねぇ、ナルファさぁん」

するとそこには琴理《ことり》や早苗《さなえ》、ゆりかの姿があった。

——そういう事か。いかんな……。

彼女達《かのじょたち》の様子を見て、孝太郎はすぐに事情を理解する。何の事はない、彼女達は孝太郎を心配してくれていたのだ。

「ナルファさんにしょーもない事をさせるなよ」

「孝太郎、あたしは不当な批難に断固抗議《こうぎ》するぞ！」

「コウ兄さん、コウ兄さんが怖《こわ》い顔をしているのを何とかしたいって言い出したの、実はナルちゃんなんです」

「そしてじゃんけんで負けたんですぅ。だからド根性で里見《さとみ》さんのところへ」

「そういう事か。ならしょうがないな。……ナルファさん、怖い顔で悪かった」

無理矢理やらせたのなら怒《おこ》らねばならなかったが、それがナルファの希望であったのなら問題はない。孝太郎は小さく嘆息《たんそく》するとナルファに笑いかけた。

「いえ、そんな……私はただ……」

「分かってる。ありがとう」

ばしばし
孝太郎は自分の顔を二度三度と叩《たた》くと、ソファーから立ち上がった。ナルファの行動が何を思ってのものだったかは想像がつく。だったら、そのままソファーで考え込んでいるのは決して良い事ではなかった。

「それで、お前ら何をやってるんだ？」

立ち上がった孝太郎は琴理達に近付いていく。そんな孝太郎の背後に、遠慮がちな様子でナルファが続く。この時の彼女の表情は間違いなく笑顔《えがお》だった。

『……………』

そんな孝太郎とナルファのやりとりを見守っている者達《たち》がいた。それはクランや晴海、ルースといった面々だ。彼女達も孝太郎の様子には気付いていたが、比較的《ひかくてき》受け身の彼女達は手を出しあぐねていたのだ。だが孝太郎の纏《まと》った空気の変化を感じて、彼女達の視線は剥《は》がれていく。そこに居るのはもういつもの孝太郎だったから、彼女達は安堵《あんど》して自分の仕事に戻っていった。

「ふふん………」

そしてそれは賢治《けんじ》も同じだった。彼の場合は少女達がどのように孝太郎の心を守ってきたのかという実例を見る事が出来たので、別の意味でも安堵していた。そして賢治は小さく笑うと、それまで読んでいた本に視線を落とした。

琴理とナルファが早苗達と出会ったのは今年の四月の事だった。厳密には顔を合わせた事ぐらいはあったのだが、人間関係が始まったのは間違いなくそこからになる。だから四月以降の出来事については良く知っているのだが、それまでの二年間に関しては殆《ほとん》ど知らない。大まかな説明がされているだけだった。

「だからね、ナルちゃんは危機感を持ったの。いずれコウ兄さんと皆《みな》さんの間に割《わ》り込んでいかないといけない訳でしょう？　最低でも浮気《うわき》して貰えるぐらいには」

「ちょっ、ちょっとコトリィッ⁉」

事実ではある。だが至極《しごく》あっさりナルファの事情を明かしてしまった琴理を前に、当のナルファは泣きそうになっていた。そして孝太郎の方はというと、琴理の口にした言葉の一部に不満があった。

「……俺は誰とも浮気なんかしないぞ。仮にナルファさんと付き合うならインチキなしでちゃんと付き合う」

「まあまあ。コウ兄さん、言いたい事は分かるけど、そこは今の話の中心じゃないから。ちょっと我慢《がまん》して」

「キンちゃん……しょうがないなぁ……」

「コトリ、コータロー様相手に勇気がありますねえ……」

琴理があっさりと孝太郎を黙《だま》らせた事は、フォルトーゼ人であるナルファには驚くべき事だった。だからナルファは目を丸くして琴理を見つめていた。

「ともかく、そういう事情で皆さんにお話を聞いていたの。登るべき山の高さが分かってないとどうしようもないでしょ?」

そして琴理はあっけらかんとした調子で孝太郎に笑いかけている。そんな彼女の姿を、実の兄である賢治は苦笑交じりに眺めていた。

――琴理もそろそろ気付くべきなんだよな。琴理があの姿でいられる男が、コウ以外に現れるのかって事に……。

最近は改善傾向《けいこう》ではあるのだが、普段《ふだん》の琴理は内向的だ。そんな彼女が孝太郎に対してだけ、のびのびとした姿を見せている。それは孝太郎なら本来の自分をさらけ出しても大丈夫《だいじょうぶ》だという絶大な信頼《しんらい》が根底にある。だから賢治には、もう琴理の答えは出ているように見えていた。だが本人はあくまで恋愛《れんあい》は分からないと言っている。その認識《にんしき》のズレが、賢治にはおかしくてならなかった。

「愛とは戦いじゃ! 敵を知り、己《おのれ》を知るのは戦いの鉄則! その意気やよし!」

「お前の愛は怪《あや》しいよなあ……それは、本当に愛か?」

「あ～～～っ!? 言うてはならん事をっ!! 自分の女の愛を疑うとは、それが男のする事かっ!?」

「気に入らないと迷わず襲《おそ》いかかってくる女が何処《どこ》にいるっ!!」

ゴンッ、ドカッ、ぎゅううううう

唐突《とうとつ》に孝太郎とティアが取っ組み合いの喧嘩《けんか》を始めた。すると早苗とゆりかが慣れた様子でちゃぶ台を移動させる。それはもちろん孝太郎とティアの戦いに巻き込まれないようにする為だった。そして何事もなかったかのようにお喋《しゃべ》りを再開した。

「んじゃ、次は誰の話にしよっか？」

早苗はココアのカップを片手に呑気《のんき》に笑いかける。

「………」

だがナルファはそういう訳にもいかず、格闘《かくとう》を続ける孝太郎とティアの様子に釘付《くぎづ》けになっていた。伝説の英雄《えいゆう》と救国の皇女が殴《なぐ》り合いをするその姿は、分かってはいてもなかなかショッキングな光景だった。

「ナルファ？」

「あ、す、すみません……いつも凄《すご》いなあって、圧倒《あっとう》されてしまって……」

「じゃあナルちゃん、折角《せっかく》だからティアミリスさんの事を訊《き》けばいいんじゃない？」

「あ、そ、そうですね。ではサナエ様、ティア殿下《でんか》の事を教えて下さい」

そもそもナルファが二人の殴り合いに圧倒されてしまうのは、よく知らないからだ。そこを解消するのは確かに正しいように思われた。

「あんねー、ティアは最初すっごいワガママだったんだー」

　早苗は乞《こ》われるままに話し始めた。早苗もティアとの出会いはよく覚えている。あの頃のティアは自分の事しか見えておらず、地球人の事など原始人くらいにしか思っていなかった。

「何でもかんでも暴力で解決しようとしてねー、地球が壊《こわ》れそうになったりならなかったりしたよ」

「もしかしてっ、ティアミリスさんって本気の侵略者だったんですかっ⁉」

　この辺りの詳《くわ》しい事情は琴理も初耳だったので、目を丸くする。

「うん。でもそれはお母さんが心配でね、早く儀式《ぎしき》を終わらせて帰りたかったからだったんだ」

「今と同じでせっかちさんだったんですぅ」

「儀式？」

　再び琴理が目を丸くする。彼女が知らない単語が飛び出して来ていた。だがこれはナルファの方にその知識があった。

「コトリ、フォルトーゼの皇族は皇位継承権《けいしょうけん》を得る為に儀式をする必要があるんです」

「へぇえ……その為に地球へ？」

「うん。孝太郎の部屋の乗っ取りが儀式の課題だったみたい」

「でもでもぉ、ティアさんの説明が足りなくてぇ、最初は滅茶苦茶《めちゃくちゃ》でしたぁ」

「滅茶苦茶はあんたもだけどね」

早苗はよく覚えている。ゆりかが初めて姿を現した時の事を。確かに孝太郎と早苗が魔法を全然信じなかったという事もあったのだが、ゆりかは魔法少女らしからぬ発言がとても多かった。結果的に真面目な説明まで聞いて貰えなくなり、ゆりかはしばらく捨て置かれたのだった。

「今はいいじゃないですかぁ、私の事はぁ！」

とはいえ今はゆりかもちゃんと分かっている。やるべき事は信じて続けるしかないのだと。都合に合わせて出し入れしてはいけないのだと。そこは間違いなくゆりかが成長した部分だった。

「その頃からずっとあんな調子なんだ。ああやって事ある毎《ごと》にボコスカしてる」

「そうなんですか……」

孝太郎とティアの関係は最初に形作られたものがそのまま継承《けいしょう》されていて、単純な騎士と皇女の関係ではなかった。それはナルファにとって驚くべき事実だが、そういう経緯《けいい》なら納得出来なくもなかった。

「あの頃は確かぁ、里見さんはティアちゃんをチューリップって呼んでましたよねぇ」

「随分可愛《ずいぶんかわい》いニックネームですね」

「コトリ、チューリップって何ですか？」

「地球の花よ」

『こんなのだホー！』

『春先に咲《さ》くユリ科の植物で、花壇《かだん》に植える人が多いんだホー！』

埴輪達《はにわたち》は記録された映像を空中に投影《とうえい》する。埴輪の両目から放たれた光は、花壇に植えられている赤いチューリップの花を描《えが》き出した。それを見たナルファは顔を綻《ほころ》ばせる。

「あっ、この花は地球で見た事があります！」

「でも早苗さん、何でチューリップだったんですか？　仲が悪い時に使いそうな呼び名じゃないと思うんですけれど……」

琴理が不思議そうに首を傾《かし》げた。琴理の感覚ではドクダミやブタクサは悪口になりそうだが、チューリップは悪口のようには聞こえない。むしろ褒《ほ》め言葉《ことば》になりそうな印象を受ける。だから可憐《かれん》なチューリップは、仲が良い時に出て来そうなニックネームだった。

「それはあたしの必殺技《ひっさつ》『早苗ちゃんチューリップ』のせいなのだ」

『早苗ちゃんチューリップ？』

琴理とナルファの声が綺麗《きれい》に揃《そろ》い、同時に二人は顔を見合わせる。

「ティアが暴れて大変だったから、スカートの裾《すそ》を持ち上げて上で縛《しば》って、動けないようにしたの」

『こんなのだホー!』

『この姿がチューリップのつぼみに似ていたんだホー!』

埴輪が投影している映像が切り替《か》わる。新しい映像は、二年前の『早苗ちゃんチューリップ』の時のものだった。現場にいた埴輪達はその時の事を記録していたのだ。

「あ、確かにチューリップ」

「でしょー!?」

「皇女殿下のドレスだと、白いチューリップになるんですね」

「にしししし、でもティアはご不満だったみたいだけど。ねー、ティアー?」

「ノ、ノーコメントじゃ!」

早苗が話を振ると、少し離れた場所で孝太郎と格闘戦を続けていたティアが半分息を切らせながらそう答える。ティアはチューリップにされた事が不満なのではなく、当時の自分に不満があった。だが未熟であったのは事実だし、早苗達の口を塞ぐのも違う。そんな訳でティアはノーコメントとした訳だった。

「あの時穿《は》いてたウサギちゃんの下着ぃ、可愛《かわい》かったと思いますけどぉ」

「ノーコメントじゃ」

ティアの顔は少し赤くなっている。それは主に格闘戦を続けている事で息が上がっているせいなのだが、色んな意味で恥《は》ずかしい話題だったせいでもあった。

「武士の情けじゃ。この話は終わりにしようぞ皆の衆」

そんなティアの心情を慮《おもんぱか》り、早苗が時代劇風の言葉で話題の変更《へんこう》を提案する。早苗もまた二年前の彼女ではない。ティアが困っているのを分かっていて、このまま話を続けるほど子供ではなかった。

「ご配慮《はいりょ》いたみいる」

ティアにも笑顔が戻り、早苗に合わせて時代劇風に礼を述べた。そしてティアはのびのびと孝太郎との戦いに戻っていった。

「うむ、くるしゅうない」

早苗は偉《えら》そうにふんぞり返る。そんな部分は今も昔も変わらない、愛くるしい、早苗らしい姿だった。そんな早苗にナルファが遠慮がちに質問する。

「でしたら……サナエ様がやってきた時はどうだったんですか？」

ナルファも話題変更に異論はない。ティアが困っているなら助けたいというのは、フォルトーゼ人であるナルファの自然な反応だった。

「あたしも酷かったよ」

　早苗は訳知り顔で大きく頷く。それはまるで他人事のような口ぶりだった。

「あたしったらね、孝太郎が来るまで、片《かた》っ端《ぱし》から住人を追い出してたの。だから静香《しずか》にはとても迷惑《めいわく》をかけた気がする」

『「早苗ちゃん」、そんな自信満々に言うような事じゃないと思うんだけど……』

　幽体離脱《ゆうたいりだつ》していた『早苗さん』が『早苗ちゃん』をたしなめる。だがそんな事を言われても『早苗ちゃん』はどこ吹《ふ》く風《かぜ》だった。

「そういえば、あんたってその頃どうしてたんだっけ？」

『病院と家を行ったり来たりかな』

「そうでしたぁ、私達が知らないだけでぇ、あの頃から早苗ちゃんは二人だったんですよねぇ」

　一同の話題は早苗のものに変わった。この時キリハとルースは向かい合って政治周りの仕事をしていたのだが、早苗達の話が聞こえて来た事でその手を休め、休憩《きゅうけい》をする事に決めた。

「……あの頃は、こうしてフォルトーゼで仕事をするようになるとは夢にも思っていなかった」

　キリハはそう言って微笑《ほほえ》むと、手にしたカップに口を付ける。それはルースが淹《い》れたばかりの紅茶だった。対するルースは持っていたカップをソーサーに戻すと、キリハと同じように微笑んだ。

「わたくしは最初からこうなると良いと思っておりました」

　ルースは出会って幾《いく》らも経《た》たない頃から、孝太郎や少女達を味方に出来ればと思っていた。敵が多いティアには一人でも多くの信頼できる仲間が必要だったのだ。その出自やこの状態へ至る経緯は予想外だったものの、最終的にはルースの狙《ねら》い通りになったと言えるだろう。

「この結果は、ルースとしてはしてやったりというところか」

「狙って出来るような事ではありませんが、結果だけ見ればそうなるかと」

　キリハとルースは和《なご》やかに笑い合う。問題は多いが、それでも二年前とは心の部分で大きな差がある。収まるべきところに収まったという、不思議な安心感があった。だがクランはそんなルース達の意見には同意しなかった。

「キィ、パルドムシーハ、わたくし達の結果はもうちょっと……おかしな事になりそうですわよ」

クランはいつになく真剣《しんけん》だった。彼女は直前まで仕事に使っていたコンピューターを操作すると、その根拠《こんきょ》を二人にも見えるように投影した。

皇帝の仕事　十一月四日(金)

クランはフォルトーゼの国会にあたる、皇国議会の中継《ちゅうけい》を見ていた。彼女が作り上げたPAFに関係した、新法の審議《しんぎ》が行われるからだった。新法はPAFやそれに類する医療《いりょう》用《よう》の新技術を購入《こうにゅう》する際に税制面での優遇措置《ゆうぐうそち》を導入する法律であり、審議の結果によってはコストダウンして買い易くしたPAFの開発が必要になるかもしれない。技術者と皇族双方《そうほう》の意味で、クランには無視が出来ない重要な審議だった。

幸いクランが注目していた新法の審議はつつがなく終わった。皇国議会は国民がPAF等を買い易くする方向で結論を出した。結果に満足したクランは休憩も兼《か》ねて、ぼんやりと新たに始まった審議を眺めていた。クランはその審議に興味があって見ていた訳ではなかった。異変はそこで起こった。

『次の質問者はマルクレイ国民院議員であります。……………マルクレイ議員』

『失礼致《いた》します。マルクレイであります』

フォルトーゼの国会も二院制で、国民院と貴族院で構成されている。立法権限は国民院の方が強く、貴族院はチェック機構としての意味合いが強い。現在質問に立っているのは国民院に所属しているマルクレイという人物だった。

『先日、私の事務所にある手紙が届けられました。差出人は報道記者のディーンソルド・ラウレーン氏であり、法解釈《ほうかいしゃく》に関する質問でありました。内容を精査したところ非常に重要な案件であり、公正かつ真摯《しんし》な回答が必要であると判断致しました』

演台に立って質問中のマルクレイの背後に、質問状の差出人であるディーンソルド・ラウレーンという人物の立体映像が表示される。ディーンソルドはこれまで多くの特ダネをモノにした敏腕《びんわん》報道記者で、ナルファの兄でもあった。その姿を見た瞬間、クランは嫌《いや》な予感が脳裏《のうり》を過った。

『本来なら記者からの質問は記者会見で答えるのが妥当《だとう》かと思いますが、本件には国民の利益に直結する重大な事実や疑問が含《ふく》まれています。そこで私の質問の時間を割《さ》いて、あえてこの場で関係機関に質問させて頂きたく思い、議長に質問の通告を致しました』

幾ら実績があるとはいえ、本来なら一記者の質問をわざわざ皇国議会の審議で取り扱《あつか》うという事自体が異例だった。もちろん不正の追及の為に記者が協力するケースはあるのだが、マルクレイの口ぶりからするとそういう雰囲気《ふんいき》ではないようだ。クランの嫌な予感はますます深まっていく。特にディーンソルドの名が気にかかる。彼《かれ》はかつてティアの失言を引き出したやり手なので、嫌な予感は止まらなかった。

『本件は一昨日の時点で私――――国民院議長に対して質問の通告が為され、法務省との折《せっ》衝《しょう》の結果、確かに皇国議会での審議が妥当であると判断されました』

マルクレイの発言を、議長が裏付ける。皇国議会で審議をするという事は、議事録として公式に記録されるという事だ。発言に対しては一定の法的な責任も生じる。それ程《ほど》の重大な案件であり、国民に広く知らしめなければならないという意志の表れでもあった。

『マルクレイ議員、続きを願います』

『それでは続けさせて頂きます。私がディーンソルド氏から預かった質問は、青騎士《あおきし》閣下の特例についての法的な解釈《かいしゃく》に関するものでした』

その瞬間、クランの表情が変わった。

――――ベルトリオンの特例について？

質問は孝太郎《こうたろう》に関する重大案件。しかも質問はディーンソルドの手によるもの。それを知ったクランは、この審議の事を孝太郎達にも伝える事に決めた。

審議はまず青騎士の特例が法的にどのように機能するのか、という事の確認《かくにん》から始まった。アライアは『青騎士に与《あた》えられた権利は奪《うば》う事が出来ない』と定めた。これは憲法の方に記載《きさい》されているものなので、法律よりも優先される。そこは分かっているのだが、具体的に青騎士の特例と法律が対立した場合にはどのように処理されるのか、という事が審議されていた。

『………では、法律が改正されたとしても、青騎士閣下が過去の法律で得た権利はそのまま維持《いじ》されているという事になりますが、法務大臣、いかがでしょう?』

特例と法律の対立に関する議論は結論に至ろうとしていた。現在審議されているのは、法改正が行われて国民に与えられている権利が制限された場合、青騎士の権利も同様に制限されるのか、それともされないのかという確認だった。

『法務省と致しましても、青騎士閣下の権利は維持されるという解釈であります。一例を挙げますと………青騎士閣下が所有権が設定されていない土地を開拓《かいたく》した場合、過去に存在していた開墾《かいこん》私財法に基づき、その所有権を得る事が可能です』

『あえて確認させて頂きますが、開墾私財法は現在は廃止《はいし》されている法律ですか?』

『仰《おっしゃ》る通りであります。現在の我《わ》が国《くに》では、開拓した土地を私有化する法制度は廃止されております』

開墾私財法は、フォルトーゼで二千年近く前に存在していた法律だった。当時のフォルトーゼは経済規模が小さく、国力が弱かった。このままでは他国の侵略《しんりゃく》を防げないと考えた当時の皇帝は、大胆《だいたん》な法律を作った。それは所有者が居ない原野や森を切り拓《ひら》いて田畑を作った者は、その所有権が得られるというものだった。本来は原野や森であろうとも所有権を得てから田畑にする訳なので、開拓のコストがかかり過ぎていた。そこで皇帝はコストを下げる事で開拓を一気に進めようとしたのだ。

結果として開墾私財法は非常に上手《うま》く機能した。もちろん土地をタダで配るようなものなので、当初国は大きく損をした。だが田畑が増えて税収が増え、土地をタダで配った以上の利益に繋《つな》がった。そして一定の成果が得られた段階で開墾私財法は廃止された。土地には限りがあるのでやり過ぎてもまずかったのだ。

だが青騎士《あおきし》に関しては、今も土地を切り拓けばその土地を所有出来る。これは開墾私財法で与えられた『土地を切り拓けば自分のものに出来る』という権利を、廃止の段階で特例が働いて奪う事が出来ない為《ため》だった。

『ありがとうございます。それではここまでの議論を踏《ふ》まえまして、本題の質問へ移らせて頂きます』

青騎士の特例が法律に対してどのように作用するのか、それに関する確認は終わった。だがまだ先がある。マルクレイの質問——つまりディーンソルドから届いた質問はここからが本番だった。

『我がフォルトーゼの戦国時代においては、皇族と貴族、そして騎士は子孫を残す事が非常に重要でした。戦争や疫病《えきびょう》による死亡率が非常に高く、要人はより多くの子孫を残す必要があったからです』

質問はアライア即位《そくい》以降の、戦国時代まで遡《さかのぼ》る内容だった。当時のフォルトーゼも過去の日本と同じように戦争に明け暮れていた。衛生面の問題もあり、当時の平均寿命《じゅみょう》は四十歳《さい》に満たないものだった。そうなると問題になるのは後継者《こうけいしゃ》問題だった。

『そうした事情から皇族と貴族、騎士の階級にある者は、法律によって複数の配偶者《はいぐうしゃ》を持つ事が認められていました』

後継者が居なければ、家系は絶える。それは皇族だろうが騎士だろうが同じだ。対策は一つ。子供を多く持つ事。その為に当時の皇族と貴族、騎士は複数の配偶者を持つ事が許されていた。正確には複数の配偶者を持つ事は義務だった。そうやって長きに亘《わた》って家系を、つまり国や政治を守って来たのだ。

『もちろんそうした法律は現在では廃止されております。戦争や疫病は大きく数を減じ、平均寿命が延びたからです』

現在のフォルトーゼの婚姻《こんいん》制度は一対一、つまり一夫一婦制となっている。一夫多妻制はあくまで戦争や疫病が前提となるもので、それらが減って社会が安定すれば必要のない制度だ。だから権利意識が向上し始めた、近代化する直前の時点で廃止されていた。

『そこで法務大臣にお尋《たず》ねします』

マルクレイはここで一度言葉を切り、一呼吸置いた。そしてゆっくりと確かめるようにして続きの言葉を口にした。

『青騎士《あおきし》閣下はご誠実であられ、配偶者を決めかねておられる事は誰《だれ》もが知るところでありますが……これまでの議論を踏まえますと、青騎士閣下は、配偶者を一人に定める必要がないのではありませんか？』

マルクレイがその質問を口にした瞬間、議場は静寂《せいじゃく》に包まれた。これまで議員達《たち》は現在進行中の審議に関して隣《となり》の席の議員と小声で意見を交《か》わすなどしており、議場は全くの無音という訳ではなかった。だが今は本当に、水を打ったように静まり返っていた。それほどこの質問は議員達の関心を惹《ひ》いた。そして恐《おそ》らく、議会の中継を見守る国民達も同じだった。

『えー、ご質問の件でございますが、法務省としましてもそのように解釈しております。青騎士閣下は既《すで》に廃止されている旧戸籍法によって付与《ふよ》された権利に基づき、配偶者を複数持つ事が可能です』

『法務大臣』

その瞬間、議場は大きな歓声《かんせい》に包まれた。それは議場全体を揺《ゆ》るがすような、大歓声《だいかんせい》だった。フォルトーゼの議会においても、これはマナー違反《いはん》に当たる。だが誰も気にしていなかった。他ならぬ議長さえも、笑顔で拳《こぶし》を天に突《つ》きあげている。青騎士と皇女達は、今すぐにでも結婚《けっこん》出来るのだ――それはフォルトーゼを激震《げきしん》させる、ディーンソルドの大スクープだった。

ディーンソルドの大スクープのせいで議会は審議が完全にストップ、翌日以降に持ち越《こ》された。恐らく今頃《いまごろ》はどの政党も審議内容の変更に大忙《おおいそが》しだろう。もちろんニュースもこの件一色。そして今年に続き来年のジャーナリスト大賞もディーンソルドで決まりだという意見が大勢を占《し》めていた。国民も大騒《おおさわ》ぎになっていて、ご結婚おめでとうございますというメッセージが至る所で飛び交っていた。そうやって国全体が大騒ぎのフォルトーゼだったが、もちろん当の孝太郎達《たち》も大騒ぎになっていた。

「なっ、なんだそりゃあ!?」

孝太郎は完全に油断していたところに襲いかかって来た思わぬ騒動《そうどう》に驚《おどろ》き、危《あや》うくその場で倒《たお》れそうになった。だが幸いにも咄嗟《とっさ》に両腕《りょううで》で身体《からだ》を支える事が出来、実際に倒れてしまうような事はなかった。

「でかしたディーンソルド・ラウレーン！　わらわは以前から素晴《すば》らしい記者じゃと思っておった！」

反対にご機嫌《きげん》だったのはその背中にしがみついていたティアだった。彼女《かのじょ》は少し前まで孝太郎をチョークスリーパーで攻《せ》め立てていたのだが、今は両脚《りょうあし》と左腕《ひだりうで》で孝太郎にしがみついたまま、右腕《みぎうで》を突き上げるようにして歓声を上げていた。

「………お前、ディーンソルドさんの事を大嫌《だいきら》いだって言ってたじゃないか」

「そんな事はない。かの者のこれまでの国家への献身《けんしん》は、例外なく評価しておる」

「ぬけぬけとまあ………」

「おーっほっほっほっほ♪」

そうやって口論を続ける二人の所に、早苗《さなえ》が駆《か》け付ける。早苗もその両目をきらきらと輝《かがや》かせていた。

「孝太郎孝太郎、式はいつ⁉　あたしドレス着たい‼」

「知らん知らん、俺《おれ》は日本人だ！　フォルトーゼの法律は関係ないぞ！」

「えぇぇぇぇ～～～～じゃあせめてドレスとスーツだけ作ろうよ～～～～！」

どちらかといえば式そのものよりも、ウェディングドレスに興味がある早苗だった。もちろんこの事件に興味があるのは早苗だけではなかった。

「嫌な予感が当たったような、外れたような……ともかく困りましたわね………」

クランは混乱の坩堝《るつぼ》と化した議会の様子を眺《なが》めながら照れ臭《くさ》そうに溜《た》め息《いき》をつく。クランとて自分達の障害が一つ消えた事は嬉《うれ》しくない訳ではない。むしろずっと望んでいた事だった。だがあまりにも早く、唐突過ぎた。意外と繊細《せんさい》なクランには心の準備が出来ておらず、喜びよりも困惑《こんわく》の方が先に立っていた。嬉しい悲鳴といったところだろう。

「キリハ様、この件をどのようにお考えですか？」

「面白《おもしろ》い事になったと思う」

「随分淡白《ずいぶんたんぱく》ですね？」

「………内緒《ないしょ》だが、元々何があろうと無理矢理《むりやり》添《そ》い遂《と》げるつもりでいたのでな」

「………実はわたくしもでございます」

「とはいえ体裁《ていさい》が整ったのは嬉しい、という感じだろうか」

「そうですね、わたくしもそう感じております」

キリハとルースは淡々《たんたん》としていた。既に二人は自分の生き方を決めていたので、この事件の影響《えいきょう》が少なかったのだ。だがもちろん嬉しくない訳ではない。あくまでティア達に比べれば影響が少ない、という話だった。

「真希《まき》ちゃぁん、私達も里見《さとみ》さんのお嫁《よめ》さんになれそうですよぉ」

ゆりかは安堵していた。実は以前から少し心配だったのだ。ゆりかは自分が晴海《はるみ》やティアには及《およ》ばないと思っていたから。しかし法的にクリアであるなら、即席麺《そくせきめん》に頼《たよ》った生活に戻《もど》る心配はなさそうだった。

「お嫁さん……………?」

真希はまだ実感が湧《わ》いていなかった。これまで彼女は孝太郎を守る事だけ考えてきたので、結婚して家庭を持つ姿が想像出来なかったのだ。

『うみゃー！』

だが真希にも家庭を持ってみたい、いずれ母親になってみたい、という漠然《ばくぜん》とした願望はあった。これはごろすけの影響が非常に大きかった。そのごろすけは真希のそういう感情に反応して、ご機嫌だった。

「桜庭先輩《さくらばせんぱい》、これって不必要に里見君を追い詰《つ》めませんかね？」

浮《う》かれ気味《ぎみ》の一同とは違《ちが》って、静香《しずか》はちょっと心配そうだった。法律がどうあれ、孝太郎の倫理観《りんりかん》が変わった訳ではないからだった。

「その時は私達が退きましょう。守らねばならないのは形式ではない筈《はず》です」

晴海はそう言って、心配そうにしている静香に笑いかけた。晴海は正直、形式上の問題は些細《ささい》な事だと考えている。守らねばならないのはそこにある愛と絆《きずな》だった。

「かなわないなあ、桜庭先輩には……」

静香は苦笑《くしよう》する。晴海からは孝太郎に対する深い愛情と、鉄壁《てつぺき》の信頼が感じられる。だからこそ制度はどうでも良いと考えるのだ。晴海は制度が結果に与える影響は皆無《かいむ》だと確信している。そんな晴海を前にすれば、静香は白旗を掲《かか》げるしかなかった。

「良かったね、ナルちゃん。あとはナルちゃんの頑張《がんば》り次第《しだい》だよ」

琴理《ことり》は嬉しそうに笑う。彼女は心配していたのだ。ナルファなら孝太郎に受け入れられるだろうとは思っていたが、それを成《な》し遂げるだけの時間があるのかどうかには自信がなかった。時間がない場合には強引《ごういん》な手段が必要になってくる訳だが、幸いそれは必要なさそうだった。

「……が、頑張り、ます……」

ナルファは顔を赤くして俯《うつむ》く。ナルファは安堵していた。やはり時間に関しては彼女も気になっていたのだ。

――お兄様、このタイミングじゃないです！　このスクープは早過ぎます……。

その反面、彼女は兄のスクープによって退路が断《た》たれた。もはやナルファには時間を言い訳にする事は出来ない。諦《あきら》める必要がなくなってしまったのだ。だから彼女はある意味追《お》い詰められていた。

『つがいになる雌《めす》の数か……人間は不思議な事で悩《なや》むものだな。我ら竜《りゅう》族とは少し違う部分だ』

『愛だホー！』

『愛なのは分かる。儂《わし》らにも愛はあるからな』

『進化の過程で、群れの形成に対して違う概念《がいねん》を持ったと思われるホー！』

『ふむ、実に面白い』

そんな中、他人事だったのは埴輪達とアルゥナイアだ。とはいえ仲間達が楽しそうなのは歓迎《かんげい》すべき事なので、その様子を楽しそうに見守っていた。

「コウ、お前も遂《つい》に年貢《ねんぐ》の納め時が来たな」

賢治《けんじ》も同様にこの状況《じょうきょう》を楽しんでいた。彼にとっても百パーセントの他人事で、しかも悪い話ではない。特に普段《ふだん》孝太郎から女性問題でからかわれる事が多い賢治なので、ここぞとばかりに反撃《はんげき》を開始した。

「やかましい！」

「楽しみだな～、結婚式《けっこんしき》での友人代表スピーチ。任せろ、演劇部で培《つちか》った技術を存分に生かして、感動的なやつをやってやるから。お前でも泣くやつ」

「いらん、いらん！　そんなものはまだ考えんでよろしい！」

「………コウ、真面目なハナシ、これはもう抵抗《ていこう》しても無駄《むだ》なんじゃないか？　いざとなったら法律を変えるぞ、皇国議会の人達」

「知るか！　俺には俺のタイミングがある！」

そして孝太郎だけがこの状況に抵抗を試みていた。フォルトーゼにいる限り、この問題に関して孝太郎の味方は皆無だった。

こうしてフォルトーゼを激震させる事となったディーンソルドの大スクープだが、孝太郎はそこにある疑惑《ぎわく》を抱《いだ》いていた。それはこのスクープの出所がディーンソルド自身ではないのではないか、というものだった。

「……お前の入れ知恵《ぢえ》なんだろう？」

元々予定されていた打ち合わせで顔を合わせるなり、孝太郎はそう切り出した。

「滅相《めっそう》もない」

それに対して笑顔《えがお》で首を横に振《ふ》ったのはエルファリア――神聖フォルトーゼ銀河皇国の現・皇帝だった。その笑顔があまりに楽しげでインチキ臭《くさ》く、孝太郎は更《さら》に疑惑を深めた。

「嘘《うそ》つけ！　こんな事を狙うのはお前ぐらいだろう！」

孝太郎はディーンソルドのスクープはエルファリアが提供したものなのではないかと疑っていた。これにより景気の回復や皇家の支持の拡大など、エルファリアにとって都合の良い事が沢山《たくさん》起こるからだった。

「レイオス様はご自分の価値を分かっておられません。国民達は貴方《あなた》をフォルトーゼに繋ぎ止《と》める方法を常に求めているのです。ディーンソルド氏の行動は、そうした国民の要求に沿って自然と現れたものなのですよ？」

エルファリアは苦笑しながら、再び首を横に振った。彼女はあくまで国民の求めによって自然発生したと主張していた。だがそれでも孝太郎は納得《なっとく》しなかった。

「やたらとお前に都合が良い民意だけどな」

エルファリアは常にお祭り騒《さわ》ぎを欲《ほっ》している。皇帝として当然ではあるが、経済を上向かせるのは重要な仕事だ。特に内乱からの復興が進んでいる今の状況では、国民の消費メンタルを加速させる事は大きな助けになる筈だった。

「正直なところ、嬉しくないとは申しませんよ」

「ホレ見た事か」

「でもよく考えてみて下さい。私がディーンソルド氏にこのスクープを提供するのであれば、このタイミングではありません。もっと効果的な時間と場所があります」

「そりゃあ――――」

孝太郎の反論が途切《とぎ》れる。孝太郎はこの時のエルファリアの言葉は、確かに正しいように感じられた。新しい『青騎士《あおきし》』の進水式に絡《から》ませたり、誰かの誕生日でもいい。何か大きなイベントや記念日に一緒《いっしょ》に公表して、より大きな騒動を起こすのだ。あるいはその逆に大事件のショックの緩和《かんわ》に使ってもいいだろう。例えば旧ヴァンダリオン派の攻撃《こうげき》で多くの犠牲《ぎせい》が出た時のような、国民が下を向いてしまいそうなタイミングで公表するというような使い方だ。

「――そうだな。悪い、疑って」

それに対し、このタイミングでの公表は最大限の効果があるとは言い難《がた》い。単なる一つの騒ぎで終わってしまうだろう。これは賢《かしこ》いエルファリアの計画にしてはあまりに杜撰《ずさん》だと言える。だから孝太郎は素直《すなお》に自分の間違《まちが》いを認め、エルファリアに謝罪した。

「……………そこで納得されても腹立たしいんですけれども」

だがエルファリアは不満顔だった。孝太郎はエルファリアを信じたというよりも、彼女の賢さや計算高さといったものを評価したに過ぎない。それは一人の女性として決して嬉しい評価ではなかった。

「どうしろってんだよ。というか、そもそもお前らは俺に何をさせたいんだ？」

孝太郎はこの状況に困り顔だった。エルファリアが裏で糸を引いていない事は分かったものの、どうしたらいいのか、どうして欲《ほ》しいのかが皆目見当《かいもく》つかなかった。

「お好きなようになさって下さい。ただ、それを阻《はば》むものは何もないと、議会が保証したというだけの話です」

孝太郎が望むなら全てを与える、というのがフォルトーゼの国民の総意だ。それがアライアが定めたルールであり、また同時にフォルトーゼは孝太郎に莫大《ばくだい》な借金があってそうせざるを得ないという事情もあった。だがそれらは決して主な理由ではない。孝太郎に多くを許すのは、あくまで国民が孝太郎を信じているからこそ出て来る発想だ。孝太郎ならルールを悪用したり、善意を踏み躙《にじ》ったりしないと信じてくれているのだった。

「おい……」

「レイオス様はそれだけの事をなさったのです。クーデターに成功してフォルトーゼがヴァンダリオンに支配された場合の事を思えば、レイオス様のちょっとした失敗やわがままなど大した問題ではないのです」

また孝太郎の業績を差し引きすれば、相当な事まで目を瞑《つぶ》る事が出来る。ヴァンダリオンの独裁体制を防ぐ代償《だいしょう》として支払《しはら》えるものは莫大だ。そこにアライアの時の事まで含めれば、それどころではなくなるだろう。

「わがまま、か。例えばそうだな……俺が皇帝のお前を嫁にしたいと言いだしても、そうなるのか？」

果たして孝太郎に許されるわがままはどこまでなのだろうか？　この時点で孝太郎に思い付く最大のわがままは、エルファリアと結婚する事だった。それはつまり現・皇帝の配偶者となり、絶大な権力を握《にぎ》るという事だ。それはある意味、国の乗っ取りに極《きわ》めて近い行為《こうい》だと言えるだろう。

「…………」

エルファリアにしては珍《めずら》しく、返答に窮《きゅう》した。孝太郎が何を言わんとしているのかは分かる。あくまで主権者である皇帝との婚姻によって権力構造へ入り込《こ》む話をしているだけだった。だがこの時のエルファリアは、ほんの僅《わず》かな間だけ、違う事を考えた。それで彼女は答えに窮したのだ。

「………その通りです。レイオス様が、そう望まれるのであれば………」

結局エルファリアは孝太郎の質問の意図に沿った答えを口にした。だが少しだけ彼女の本音が混じった。法的には青騎士《あおきし》と皇帝の婚姻は何も問題はない。しかしそれが婚姻である以上、両者の同意は必要だろう。そこを無視できる根拠は存在しないのだ。なのにエルファリアは孝太郎の意思にだけ言及《げんきゅう》している。そうなる理由は、彼女が答えに窮したのと同じだった。

「まさか………俺に与えられた特権とやらは、そこまでの力があるのか………?」

エルファリアの返答は孝太郎の想像を超《こ》えたものだった。その驚きは大きく、孝太郎はエルファリアの言葉の裏にある微妙《びみょう》な心情には気付かなかった。

「はい。他ならぬ、アライア帝《てい》が定めた特権ですから」

エルファリアは何事もなかったかのように微笑む。思わず溢《あふ》れ出たものの、それは孝太郎には気付かれたくない感情だ。彼女は自分が孝太郎の負担になるような事は望んでいなかった。

「参ったな……何をしても良いって言われるのが一番困るぞ」

皇帝との婚姻さえ認められてしまうのであれば、恐らく孝太郎が望む事なら殆《ほとん》どの要求が通ってしまうだろう。それは途方《とほう》もない権力であり、同じだけの国民からの期待とも言えるだろう。その力は恐ろしい事に、孝太郎が使い方を誤れば、銀河規模で混乱を引き起こす。一介《いっかい》の高校生である孝太郎には、あまりに重大かつ危険な力だった。

「私はいつもそんな感じです」

エルファリアは楽しそうに笑う。この時の彼女はもう、いつもの彼女だった。

「……皇帝って大変なんだな？」

孝太郎は言われて気付いた。確かにエルファリアの仕事は、今の孝太郎の悩みとよく似ている。しかも主権者である以上、その危険は孝太郎のそれを上回るだろう。加えて彼女は日常的にその力を振るい続ける必要があるのだ。

――普段《ふだん》ふざけているように見えても、エルはやっぱり皇帝陛下なんだな……。

それは孝太郎には尊敬すべき事であると感じられた。

「ふふ、伝説の英雄《えいゆう》ほどではありませんが」

エルファリアにしてみれば、皇帝は伝説の英雄ほど大変な仕事ではない。フォルトーゼの皇帝はエルファリアで百二十人目だが、伝説の英雄は何人もおらず、孝太郎程《ほど》の実績を持つ者は他には存在していない。もちろんエルファリアは孝太郎のようにフォルトーゼを救う自信などない。しかもそれが二度ともなれば自信どころの話ではないのだ。その部分を全く分かっていない孝太郎が、おかしくてならないエルファリアだった。

孝太郎がエルファリアの執務室《しつむしつ》を訪《おとず》れたのは、苦情を言ったり、お茶を飲んだりする為だけではない。きちんと真面目な用事もあってこの場所を訪れていた。それは後から執務室にやって来た、セイレーシュによる報告を聞く事から始まった。

「………まずはＤＫＩロジスティクス関連の活動についての報告から申し上げます」

最近のセイレーシュはエルファリアの秘書のような仕事をしていた。内乱時の経緯《けいい》もあって彼女は既に皇位継承権《けいしょうけん》を返上している。彼女は以前孝太郎に、この仕事が性に合っているのだと笑いながら話してくれた。その時はそんなものかと思っていた孝太郎だが、皇帝の大変さを理解しつつある今、彼女の気持ちはよく分かった。

「そうか、輸送船が飛び始めたんだっけ?」

「はい。先週からＤＫＩロジスティクスと提携先《ていけいさき》の輸送船が辺境宙域での物流改善に従事しています」

セイレーシュの言葉は淀《よど》みない。その声は美しく張りがあり、まるで歌声のようにも聞こえる。彼女の生家は古くから芸術に重きを置くサリオーン家なので、幼い頃《ころ》からその声は鍛《きた》えられていた。

「提携？」

「はい。DKIロジスティクスが所有する輸送船だけでは急増した需要《じゅよう》を賄《まかな》えませんので、会計などの厳しい基準を満たしている企業《きぎょう》に委託《いたく》する形で輸送量をカバーしております」

DKIロジスティクスはフォルトーゼ中に多くの輸送船を持っているが、これまで担《にな》ってきた通常の輸送業務は維持しなければならないので、辺境宙域にばかり輸送船を回す事は出来なかった。自社で新たに購入した輸送船を加えても到底《とうてい》足らず、その業務を同業他社に委託する形で輸送船の数をカバーしていた。

「そんな訳で、審査《しんさ》をクリアした企業の輸送船が、例のマーク――『青騎士《あおきし》関連事業認《にん》定《てい》マーク』を付けて辺境宙域を飛び回っております」

セイレーシュはそう言うと新たな資料映像を見せた。それは辺境宙域で輸送ハブの役割を担う宇宙ステーションの様子だった。そこには多くの宇宙船がドッキングしており、荷物の積み下ろしが済んだものから順に飛び立っていく。その船体には自社のマークだけでなく、青い鎧《よろい》の騎士をモチーフにした可愛《かわい》らしいマークが書き込まれている。それが『青《あお》騎士《きし》関連事業認定マーク』だった。

「現在も参入を希望する企業の審査の申《もう》し込みが殺到《さっとう》しています」

フォルトーゼには輸送を業務とする企業が沢山存在している。特に広域の輸送をやっているような大企業《だいきぎょう》は、このマークの取得を急いでいる。ウチは『青騎士関連事業認定マーク』を取得しています、というのは国民に対する強力なアピールとなるのだ。またその事が辺境宙域の輸送航路を増やす事にも繋がっていた。辺境に輸送航路を持たない企業は当然マークの取得が出来ないからだった。

「審査ってのは？」

「レイオス様のお名前を利用して不当に利益を上げようとする不届き者を排除《はいじょ》しなくてはなりませんから、きちんと審査して適法の業者である事を確認しております」

セイレーシュに代わってエルファリアが補足する。青騎士の名前を貸すからには、それ相応のクリーンな業者である必要である、というのがエルファリアの考え方だ。これに合わない業者――――例えば税金周りの会計に不備があるなど――――は弾《はじ》かれる。実際、大手であっても一度弾かれ、改善案を伴《ともな》って再審査というケースが少なくなかった。

「…………その顔…………エル、お前まさか…………」

孝太郎には、この時のエルファリアの顔はあまりにも楽しそうに見えた。その笑顔からはしてやったりという声が聞こえてきそうだ。だから孝太郎はピンときた。

「はい？」

「最初からその審査が狙《ねら》いだったんだな⁉」

「一体何の事でしょう？」

エルファリアの笑顔は清々《すがすが》しい。本当に美しく、華《はな》やかだった。やたらとインチキ臭い事を除けば、だが。

「惚《とぼ》けるんじゃない‼　元々改善が必要だった業界にメスを入れる為に、例のマークを作ったんだろう⁉　俺の名前を利用して仕事しているのはお前の方じゃないか‼」

例のマークを提案したのはエルファリアだ。彼女は孝太郎の名前を利用しようとする不届き者を排除する為だと言っていたが、実はもう一つの効果があった。それはマークを申《しん》請《せい》していない業者に対して『あの企業は辺境航路を持っているのに、なぜ申請をしないんだろう？』と、国民が疑問を持つという事だった。それは容易に、申請できないような内情であるという想像に繋がる。だから大手であればあるほど、認定マークの申請をしない訳にはいかなくなるのだ。これは孝太郎の知名度と影響力《えいきょうりょく》を利用して、輸送業界に対して新しい基準を設けるようなものだ。しかも法改正は必要ない。あくまでＤＫＩロジスティ

クスが下請《したう》けの取引先に適法性の確認を要求しているだけだからだ。このやり方なら議会を通す必要がなく、しかも誰からも不満が出ない。非常に手軽に法改正と同じ効果が得られるのだった。

「滅相もない。それは結果論です、レイオス様」

「うそつけ！　そういう顔じゃない！」

「たまたま、そう、たまたま輸送業界の改善に繋がったというだけです。決して狙ってやった事ではありません」

この時のエルファリアはやたら楽しそうで、子供のように可愛らしかった。また孝太郎も同年代の友達に話しているような雰囲気がある。そんな二人の様子を、セイレーシュは感心半分呆《あき》れ半分といった調子で眺めていた。

――ここまで仕込《しこ》んでおられるとは……流石《さすが》エルファリア陛下……。

セイレーシュはエルファリアのように効果的に事を進める自信がなかった。青騎士《あおきし》という強力なカードが手元にあっても、自分はそれを使うところに頭が回らない。やはり政治家には向いていないのだろう――セイレーシュは改めて、継承権を手放したのは正解だったと感じていた。

――それに……ふふ、エルファリア陛下の顔を見ただけで、その事に気付くレイオス様もレイオス様というか……………。

　エルファリアと孝太郎の間には、誰にも入り込めない不思議な繋がりがある。この時孝太郎がエルファリアへ向けている視線は、仲間や上司に向けるようなものではない。また敵やライバルへ向けるものとも違う。具体的にどういうものなのかはセイレーシュにも上手く形容できないのだが、それがあるからこそ、今回のような事が起こる。ただの皇帝《こうてい》と騎士の関係とは全く違うのだ。

「どうだかな」

「本当にたまたまですよ。それに、決して悪い事ではありませんし」

「それは………そうなんだがな」

　実際、孝太郎は怒《おこ》っている訳ではない。ＰＡＦの利益を世の中に還元《かんげん》していく以上は、適法性の確認は必要だった。孝太郎は本当に、隠《かく》れた狙いがあった事や、驚かされた事に文句を言っているだけだった。

「今度は相談しろよ、急にやらずに」

「本当にたまたまなんですよ」

「………そのやたら可愛い顔じゃなきゃ信じたんだがな」

「あらあら」

エルファリアがこんな姿を見せるのは孝太郎が相手の時だけだ。普段ティアに向けているものとも違う。そしてもう少し周囲に人が多いと、孝太郎が話の相手であっても絶対にこの感じにはならない。孝太郎がそこに気付けばあるいは本当に――それを思わず期待してしまうセイレーシュだった。

「まあいいや、お前というやつはもう……いや、違うな」

大きく溜め息をついた孝太郎だったが、そこである事に気付く。

「どうなさいました？」

「……よく国に仕えてくれているな。アライア陛下もお喜びだろう」

結局のところエルファリアの行為は国の為なのだ。彼女は絶大な権力を持つ皇帝であるが、それでもやれる事には限界があるし、時間は限られる。こうした奥の手《おくのて》も時には必要になるだろう。それほどまでに、政治とは難しい。今の孝太郎にはそこがちゃんと分かっていた。だからこの時の孝太郎の言葉は、エルファリアの笑顔の質をほんの少しだけ変えた。

「………貴方にそう仰って貰《もら》えるのは光栄です、レイオス様」

そんな彼女の特別な笑顔で、二人のやり取りに一段落が付いた。それを確認したセイレーシュは、小さく笑った後に報告を再開した。

「マークに関する予想外の効果として、輸送船を見に来る観光客が現れました」

例の『青騎士《あおきし》関連事業認定マーク』は、今のところ辺境宙域を飛ぶ輸送船にしか付いていない。そのマークを一目見ようと、観光客が辺境宙域を訪れるケースが見られるようになっていたのだ。地元企業はマーク付きの輸送船と記念撮影《さつえい》できるスペースを用意したりするなど、増えた観光需要への対応に追われていた。

「……予想外過ぎるだろう、それは」

孝太郎も流石に観光客が現れる事までは想像していない。これには孝太郎も苦笑せざるを得なかった。

「旅客便《りょかく》を作るかどうかが悩みどころですね。そもそも赤字路線だった訳ですから」

人の流れがあるなら利用すべきだろう、というのがエルファリアの考えだ。復興は建物の再建だけではなく、そこでお金を使う人が増えてこそなのだ。

「確か俺達《おれたち》の星だと、輸送用の船舶《せんぱく》を改装して、幾《いく》らか旅客スペースを作るやり方をしていた気がする」

孝太郎がイメージしたのは、地球で運行されているフェリーだった。基本的にフェリーは輸送船なのだが、一部分が改装されて客室が用意されている場合があった。数は少ないが旅行客を乗せていく事が出来るのだ。孝太郎は宇宙船でもそのやり方が使えるのではないかと考えていた。

「一時的な対応としてもそれが効果的かもしれませんね」

エルファリアもわざわざ旅客船《りょかくせん》を用意するより、輸送船に客室を追加する方が良いように感じた。旅客用の宇宙船を別に用意してしまうと、旅行客の需要が絶えた時に困ってしまう。だが改造なら、需要が絶えたら元に戻すだけでいいのだった。

孝太郎とエルファリアの相談は多岐《たき》にわたる。輸送船の問題を皮切りに、DKIやPAFの今後についてや、軍事関係の課題など、様々な事が話し合われる。孝太郎は軍の総司令で、エルファリアは皇帝だ。自然と多くの問題が二人で話し合われるのだった。

「……お前も奪還《だっかん》に来ると思うか？」

現在の議題はラルグウィンについてだった。ラルグウィンは先日意識を取り戻したばかりで、取り調べは体調の回復に合わせて行われる事になっている。身柄《みがら》は病院にあり、近日中に重大犯罪者向けの隔離施設《かくりしせつ》へ移送される予定だ。彼《かれ》を裁判で裁かねばならないのはもちろんだが、貴重な情報源でもある。安全な場所で守りつつ、逃《に》げられないようにする必要があった。

「ファスタさんなら確実に、移送中の攻撃を計画しているでしょう。移送後に、施設《しせつ》を襲《おそ》うより確実でしょうから」

ラルグヴィンに関わる問題として無視できないのが、敵による奪還作戦だった。しかも状況からすると、複数の勢力によって奪還作戦が行われる可能性があった。それは旧ヴァンダリオン派による組織的なものと、ファスタによるより小規模なものだった。

「やっぱりそうだよな。後は移送のタイミングで奪還作戦を実行できるかどうか、というところか」

「どちらかといえば、このタイミングでは来ない可能性が高いのはグレバナスや灰色の騎士の方でしょう」

「確かにあいつらの兵力なら、施設を襲っても良いかもしれないからな」

「彼らの場合、ラルグヴィンの怪我《けが》が完治してからの方が良い筈です」

「そうだな。目が醒《さ》めたばかりのタイミングで、賭《か》けに出るような状況ではないな」

孝太郎とエルファリアは、移送中を狙うのはファスタだけである可能性が高いと考えていた。組織的に攻撃する事が出来ないファスタなので、一番手薄《てうす》な移送中を狙うのが効果的だった。反対に旧ヴァンダリオン派は大きな兵力を動かせるので、集中治療室《ちりょうしつ》を出たばかりのラルグヴィンを騒動に巻き込む事の方がリスクは高くなる。強引に助けたら傷が開いて死にましたでは話にならないのだ。彼らの場合は焦《あせ》らずに、もっと傷が治ってから隔離施設を襲った方が良いだろう。

「とはいえ、反体制派の指導者の後継者《こうけいしゃ》問題があるでしょうから、攻撃して来る可能性はゼロとは言えません」

「そうか、その問題はあるんだよな」

だがラルグヴィンがただの要人ではなく、組織の指導者であった事がこの問題を難しくしている。彼らは旧ヴァンダリオン派としてまとまっているように見えるが、厳密にはラルグヴィンが率いていた軍事組織と複数の反政府組織が合流した集団なので、一枚岩ではない。だから指導者不在のまま長期間の活動が可能とは考え難いだろう。ラルグヴィンの奪還が遅《おく》れれば、どこかのタイミングで指導者を変更《へんこう》する必要が出て来る。それが出来なければ組織は空中分解してしまう。それを避《さ》ける為《ため》の早期奪還は有り得るだろう、というのがエルファリアの見立てだった。

「いかがなさいますか？」

「お前だから正直に言うが……ファスタさんが無事であって欲しいという気がする。かといって警備の手を抜《ぬ》くのも違う気がするんだ」

孝太郎の心境は複雑だった。法律や手続きとしてはラルグウィンの死守が当然だ。だが心情としてはファスタに目的を遂げて欲しい。ファスタの献身を間近で見ただけに、どうしてもそういう気持ちが出て来てしまうのだった。

「状況から考えて、重犯罪者への標準的な対応よりも、少し厳しくする必要があるかと思います」

エルファリアもファスタの事情は聞かされており、少なからず同情もしていた。エルファリアも孝太郎が捕《と》らえられたら、何が敵であろうと救いに行くと思うからだ。だがあえて感情を排《はい》して厳しい対応を口にする。やはりエルファリアは皇帝なのだった。

「後は万一グレバナスと灰色の騎士が出てきた時に備えて、即応《そくおう》部隊を配備する必要があるな」

エルファリアが皇帝であるように、孝太郎は青騎士《あおきし》だった。最終的には孝太郎も自分の信念に従った。何が敵であるかは問題ではない。誰《だれ》を裏切らないかが大切だった。

「では軍には迎撃《げいげき》プランの作成を指示しておきます」

「それでいい。………なあ、エル」

ずっと考《かんが》え込んでいた孝太郎だったが、ここで一度大きく溜め息をつき、エルファリアに目を向けた。

「はい？」

「お前はいつもこういう事に悩んでいるんだな」

孝太郎にもエルファリアの仕事の大変さが分かってきていた。絶対的に正しい事など存在しない。今回の件でいえば感情的なものと、法や伝統が対立している。そして今回の件以外の場合でも、多くのものが常に対立し、エルファリアはそうしたものの板挟《いたばさ》みになるのだ。そして検討に多くの時間が使えないまま、決断を迫《せま》られる。自分の判断が正しい保証はないが、信じてやるしかないのが皇帝という職業の現実だった。

「はい」

「それでティアを俺のところへ……なんとなく分かって来たよ、お前の大変さが。政治って難しいんだな」

孝太郎は苦笑する。正直なところ、孝太郎にはこういうプレッシャーのかかった状況でずっと仕事を続ける自信はなかった。それだけにエルファリアがどれだけ凄《すご》い事をしているのかがよく分かる。彼女《かのじょ》の両肩《りょうかた》には銀河の運命がかかっているのだ。それだけは認めない訳にはいかない孝太郎だった。

「何を他人事のように仰《おっしゃ》いますか」

「他人事で助かったよ。俺の仕事は戦う事だ。政治家は向いてないよ」

　エルファリアは不満げだったが、孝太郎は自分が騎士である事に安堵《あんど》していた。孝太郎はただエルファリアを守ればいいのだ。彼女からの相談に乗ったりはするが、この騎士という役回りが自分には向いているような気がしていた。

「今はそうですが、皇族と結婚《けっこん》すれば政治もレイオス様の仕事になりますよ？」

　エルファリアの瞳《ひとみ》がきらりと光った。ティアやクラン、つまり皇族と結婚する場合、孝太郎は皇族に加わる事になる。そうなれば政治的な活動は日常的なものとなるだろう。他人事のようにしていられるのは今だけだった。

「ま、まだ誰とも結婚する気はないぞ⁉」

　エルファリアの瞳の輝きに不穏《ふおん》なものを感じた孝太郎は、思わずたじろぐ。

「はい。結婚は『まだ』ですよね。ふふふ……」

　そんな孝太郎にエルファリアはにっこりと微笑《ほほえ》んだ。孝太郎がティアやクランを捨てられる筈がない。もちろんアライアや晴海、そして――。だから放っておいても孝太郎は自ら蜘蛛《くも》の巣に飛び込んでくる。彼女にはその確信があった。更に言うとエルファリアはそれを早める為の多くの罠《わな》を用意している。あとは孝太郎がいつどの罠にかかるかだけが問題であり、実際にそうなった時には柔《やわ》らかくもあたたかな糸で幾重《いくえ》にも搦《から》め捕り、絶対に逃がすつもりはなかった。

戦いの足音　十二月四日(金)

その頃、ファスタはラルグウィンが入院している国立病院の近くに居た。目的はラルグウィンの奪還、その為の下見だった。結果的に、ファスタに関する孝太郎《こうたろう》とエルファリアの予想は正しかったという事になるだろう。彼女はひと際高いビルの屋上に立ち、皇都フォルノーンの風景を見下ろしていた。

「襲撃《しゅうげき》に適した場所は少なくないが……」

ファスタがラルグウィンを奪還する場合、攻撃が可能な場所は大きく分けて三つの場所が存在する。病院と隔離施設、そしてその両者を繋《つな》ぐ移動経路だ。そのうち最初の二つはファスタには使えない。これは単純な兵力不足が原因だ。彼女は個人で動いているので、味方を雇《やと》うにしても限界があった。少人数では、皇国軍が待ち構えている病院や隔離施設を襲っても成功は見込《みこ》めなかった。そうなると可能性があるのは、病院と施設の間のどこか、という事になる。ファスタは移送の経路を予測し、その中から幾つか襲撃に適した場所を見付け出していた。

「……やはりラルグウィン様の移送手段がどれになるのかが問題か……」

だがここからフォルトーゼ特有の事情が問題となる。技術が進んだフォルトーゼでは日常的な移動手段が地球よりもずっと発達している。つまりバスに乗るぐらいの感覚で、空を飛ぶ乗り物を使えるという事なのだ。従って移送の方法は自動車だけに限っても車輪式とホバー式の二種類が存在する。空を飛ぶ乗り物の場合はヘリと飛行機、そして空間歪《わい》曲《きょく》技術による浮遊《ふゆう》式の車両だ。ラルグウィンの移送に使われるのが一体どれになるのか、それが分からないと奪還は難しい。

「いや、青騎士《あおきし》は私が襲撃すると知っている。軍用車両で移送する場合も有り得るか」

問題は更にある。反政府の軍事組織の指導者を移送する訳なので、軍用車両がその任につく可能性もあった。最悪の場合、戦闘《せんとう》用艦艇《かんてい》を移送に使う場合も考えられるだろう。もしフォルトーゼの最新技術で作られた戦闘用の垂直離着陸《りちゃくりく》機がその任に当たる場合、ファスタの勝算は低い。戦車と戦闘機《せんとうき》を兼《か》ねたような乗り物と、歩兵が戦うような事になるからだ。その場合は攻撃以外にも、何か別の手が必要になってくる。

「……移送方法の確定が急務……他人任せになるのは腹立たしいが……」

ファスタは既《すで》にラルグウィンの移送方法に関する調査を始めている。だがもちろん人手不足なので、情報屋を介《かい》した情報収集が行われている。他人頼《だよ》りになるのは不確実で気に喰《く》わないが、ファスタ自身は他の準備に当たらねばならないので、我慢《がまん》せざるを得ない状況だった。

「……そして、やはり怖《こわ》いのはグレバナスと灰色の騎士……奴《やつ》らが大人しくしていてくれればいいが……」

ファスタがラルグウィン救出の成功を確信できない理由は、単純に皇国軍が十分な防御《ぼうぎょ》を敷《し》いているからだ。しかしそれと同じくらい脅威《きょうい》であるのが、グレバナスと灰色の騎士だった。これは単純に戦力として脅威であるという以上に、情報が掴《つか》めないという事が懸《け》念《ねん》材料だった。彼らが何をするかが分からない。同じ日に攻撃するのか、それとも別の日なのか、それさえ分からないのだ。だからどれだけきちんと準備をしても、彼らの動き次《し》第《だい》では滅茶苦茶《めちゃくちゃ》になる。それは確実な救出を望むファスタにとっては非常に大きなリスクだった。

「……ラルグウィン様のお身体の問題もある……」

更にもう一つ懸念があった。それは移送の段階でラルグウィンの傷がどの程度癒《い》えているかが分からないという事だった。場合によっては、乱暴な救出作戦がラルグウィンを殺してしまう事になりかねない。流石に総司令が青騎士《あおきし》なので可能性は低いだろうが、意図的に傷が治り切らないタイミングで移送される場合も考えられた。

「……ここはこちらも思い切った手が必要になってくるかもしれないな……」

こうした多くの不安材料を踏《ふ》まえると、ファスタは普通《ふつう》のやり方では成功は望めないような気がし始めていた。ならば不確定要素には不確定要素を。ラルグウィンを無事に救い出す為に、皇国側にもグレバナス達にも、想像が出来ないような一手を――ファスタは次第に、慎重《しんちょう》な彼女らしからぬ大胆《だいたん》な考えに傾《かたむ》き始めていた。

「……ラルグウィン様は今、どうしておられるだろう……」

そうやってファスタの思考が何度目かの行き止まりに達した後、彼女の視線が国立病院へ向いた。少し前まで、ラルグウィンはそこの集中治療室に居た。そして今は意識が戻《もど》り、VIP用の個室に移動したらしい。その場所も分かっている。だが手が出せない。皇国軍が十分な兵を配置して守っているからだ。ラルグウィンが自力で外へ逃げる事はもちろん、ファスタが外から病室へ侵入《しんにゅう》するのも不可能に近い。分かっていて手が出せないこの状況《じょうきょう》は、彼女を苛立《いらだ》たせていた。

「……期待せずに待つと仰られたが、果たしてどこまで本気なのか……」

彼女にはずっと気になっている事があった。ファスタがラルグウィンと最後に言葉を交わした時、彼はファスタを責めたりせず、彼女の救出を待つと言っていた。だがそれは敵の前であるからこそかもしれない。敵の前だから堂々たる姿勢を崩《くず》さなかったが、実際には激しい怒《いか》りをファスタに向けているかもしれなかった。

「………それでもいい………上手《うま》く行ったら、その先の事は全てラルグウィン様の仰る通りにしよう………」

救出が上手くいく保証はない。だがもし上手く行ったら、ファスタはその先の事はラルグウィンに従おうと考えていた。ラルグウィンがファスタを処刑《しょけい》するというのならそれでもいい。それでも文句が言えないような事はしてしまっていたから。ファスタはラルグウィンに殺されるなら本望《ほんもう》だった。それは少なくとも、救出には成功しているという事になるからだった。

ラルグウィンが捕らえられて以降、旧ヴァンダリオン派は混乱の渦中《かちゅう》にあった。エルファリアが指摘《してき》していた通り、彼らは決して一枚岩ではなく、ラルグウィンの指導力によって何とかまとまっていたという状況にあった。そのラルグウィンが拘束《こうそく》された事により、旧ヴァンダリオン派を構成していた各勢力が権力争いを始めていた。

『指導者不在では話にならん！』

『早々に舵取《かじと》り役は決めねばならんだろう！』

『だがそれは決して貴様ではないぞ！』

『私は先代のヴァンダリオン卿《きょう》に付き従った身！　お身内のラルグウィン殿《どの》はともかく、貴様の下に付く気はない！』

『なんだとぉっ!?』

旧ヴァンダリオン派の結束は、かつてヴァンダリオンが示した力と、現在のラルグウィンの指導力が支えていた。だがそれらを失った事で、内部での権力争いが表面化してしまった。元々反体制派という個の我を通そうという集団なので、自然な成り行きではある。だがそうやって他人事のように納得《なっとく》する訳にはいかないのがグレバナスと灰色の騎士だった。

「混沌《こんとん》こそが我《わ》が望みとはいえ……困った事になったものだ」

『笑い事ではありませんぞ、騎士殿《きしどの》』

グレバナスと灰色の騎士は現時点ではラルグウィンが活動基盤《きばん》を与《あた》えていた。その基盤を失って、立場がぐらついている。後々はラルグウィンと袂《たもと》を分かつ予定ではあったが、それは十分な準備の後になる筈《はず》だった。彼らにとっては、このタイミングでのラルグウィンの退場は幾らか早過ぎたのだった。

――あるいはそれすらもラルグウィンの狙いだったのかもしれないな……。

灰色の騎士は今になって気付いていた。ラルグウィンはグレバナスと灰色の騎士の支援《しえん》を必要としていた。だが逆もまた然《しか》り。グレバナスと灰色の騎士も、今の段階ではラルグウィンの支援が必要だった。だから彼らが最後の一手に出る前に、ラルグウィンは勝負に出たのかもしれない。追い詰《つ》められたというだけでなく、グレバナスと灰色の騎士の出鼻を挫《くじ》く為に。その隙《すき》に他の誰かが台頭すれば、ラルグウィンの望みが果たされる可能性が残るのだ。

『ラルグウィンめっ、何故《なぜ》このような短慮《たんりょ》を……』

グレバナスは普段の温厚《おんこう》な雰囲気《ふんいき》を微塵《みじん》も感じさせず、感情を剥《む》き出しにしていた。あともう少しで願いが叶《かな》うという状況で数歩後退させられた格好なので、この混乱した状況以上に、ラルグウィンに対する怒りが収まらなかった。

「だったら自分で何とかしてみせるのだな。その為の準備はしてきたのだろう?」

対する灰色の騎士は淡々《たんたん》としていた。彼には今すぐに、という焦りはない。確かに目的からは大きく後退するだろうが、彼は時間をかければ良いと思っている。灰色の騎士も可能であれば行動を急ぐが、混沌を重んじる彼だから、時間に対しても絶対に急ぐ必要があるとは考えていない。それがこの両者の温度差を生み出していた。

『やれやれ、準備不足で勝負に出ねばならないとは……』

「研究者としては敗北だな。だが、今必要なのは慎重な研究者ではない。必要な時に勝負に出られる指導者だ」

『そこにも異論がありますな。私は自分が指導者になりたい訳ではない。指導者を呼び戻したいだけです』

「同じ事だ。その道筋は付けねばならんのだからな」

『まったく……早くお戻りになって貰わねば……』

灰色の騎士が言う通り、グレバナスはこうした状況に備えて準備をしていた。だが想定していたタイミングはもう少し先で、万全《ばんぜん》な状態とは言い難《がた》い。しかしこの状況ではそうも言っていられず、彼は重い腰《こし》を上げた。

グレバナスは自分の姿が人間の恐怖《きょうふ》を呼び起こすと知っていた。だから当初から少しずつ、味方を増やす努力をしてきた。最低限の協力者がいないと、その後のフォルトーゼでの活動に支障を来たすからだ。その手段が戦闘における兵士達への支援、そして怪我《けが》をした兵士達に対する治療《ちりょう》だった。

フォルトーゼでは技術が進歩しており、一見魔法《まほう》の出番など無いように見える。実際武器や防具に関してはそうだった。だが人間そのものの性能を上げる事は無駄《むだ》ではない。普通より素早《すばや》く動き、射撃《しゃげき》の精度が上がれば、武器は更《さら》に危険になるからだ。これは当初は驚《おどろ》かれつつも、最終的に兵士達に歓迎《かんげい》された。

またグレバナスはフォルトーゼの治療装置と魔法による治療を組み合わせる事で、多くの兵士の命を救ってきた。武器が危険である事は先述の通りであるが、その分怪我も重くなる傾向《けいこう》にある。戦いに出掛《でか》けても十分な治療が受けられる事は、兵士達にとって一つの安心材料となった。また最近は更にそうした研究が進み、遂《つい》に殉職《じゅんしょく》した兵士の蘇生《そせい》に成功していた。これはフォルトーゼにおいても稀有《けう》な事例であり、その結果グレバナスの下で働きたいという兵士が現れ始めた。これはグレバナスに蘇生して貰った事の恩返しを考える兵士や、逆にまさかの時に蘇生して貰えるだろうと考える兵士達だった。

更にグレバナスは行き場を失った兵士達の受け皿のような事もやっていた。責任を取らされて更迭《こうてつ》された人員を受け入れたのだ。これは先日の生産拠点《きょてん》の責任者が顕著《けんちょ》な例だろう。彼は事故の責任を取る形で降格されたのだが、グレバナスはそんな彼を助手として受け入れた。そうした例は彼以外にも沢山《たくさん》見受けられた。

極《きわ》め付けはその魔力《まりょく》を使った洗脳だ。だがもちろん多くの人間を操《あやつ》るのは困難だし、常時操るのも現実的ではない。周囲が不審《ふしん》に思うほど繰《く》り返し利用するのもまずい。だから大隊長クラスの人間が特定の条件下で命令に従ってくれる、というぐらいの限定的な洗脳に止めてあった。これは議論や投票の際に大きな力となった。

そうした複数の影響力工作が実を結び、グレバナスは多くの兵士達の支持を得た。流石に現場の声を無視する訳にもいかず、旧ヴァンダリオン派の混乱はグレバナスが主導権を握《にぎ》る形で収束していった。だがグレバナスが主導権を握ったとはいえ、それは一時的なものに過ぎない。それは他ならぬグレバナスが一番よく分かっていた。


グレバナスが主導権を握る事は、灰色の騎士にとって悪い事ではない。これによって灰色の騎士の目的達成も早まるからだ。だから彼が混乱を収束させたグレバナスに対して放った言葉は、淡々とはしていたものの、間違《まちが》いなく褒《ほ》め言葉《ことば》だった。

「……上手くやったものだな、グレバナス」

『ほっほっほ、人助けもしておくものですな』

やはりグレバナスが人命尊重の構図を作っていたのが大きかった。当たり前の話だが、兵士達は彼らの意思を尊重し、その命を大切にする司令官を好む。これはラルグウィンが兵士達に支持されていた理由と同じで、彼への信頼《しんらい》をそのまま掠《かす》め取ったような形だった。

「……よく言う。運よく人体実験で失敗がなかったというだけの話だろう？」

『そんな事はありません。一度でも失敗していたら気持ち悪い魔法使《まほうつか》いという評価で終わりましたから、細心の注意を払《はら》って実験を進めていましたよ』

グレバナスには蘇生や治療という分かり易《やす》い成果もあった。グレバナスは自分が他人にどのように見えているのかという事を理解している。だから普通にやっても他者の尊敬を勝ち取るのは難しかった。それを分かった上で着実に影響力工作をしてきた事が、結果的に彼が主導権を握る事に繋がったのだった。

「ご苦労な事だ」

『しかしこうなっても安心は出来ません。危《あや》うい状況は続いておりますからな』

確かにグレバナスは旧ヴァンダリオン派の中で主導権を握ったとはいえ、それは一時的なものだ。権力争いはまだ内部で燻《くすぶ》っている。またグレバナスが主導権を握る為に行った最後の一押《ひとお》しは、まずはラルグウィンを救出しようと提案する事だった。これも兵士達にとっては特別な意味があり、多くの支持が得られた。だがその反面、その提案によって失ったものもあった。

「………主導権を得る為に支《し》払《はら》った代償《だいしょう》は時間という事か」

『そうなりますな』

グレバナスが失ったのは時間だった。権力争いに勝つ為に提案した以上は、ラルグウィンの救出を急がねばならなかった。救出が遅れて兵士達の不興を買えば、また混乱状態に逆戻《ぎゃくもど》りになるからだった。

『ですから騎士殿にもご協力を願いたい訳です』

「仕方あるまい。こちらもここでお前達に倒《たお》れられると手番が大きく遅れる」

『そう言って貰えるのは心強いですな。感謝致《いた》しますぞ、騎士殿』

本質的に混沌や解放を求める灰色の騎士だから混乱は望むところだが、グレバナスが主導権を失うと急激に手間が増え時間を浪費《ろうひ》する。そこで灰色の騎士は、効率よくより大きな混乱を生む為の手段として、ラルグウィンの救出に協力する事に決めたのだった。

ファスタがラルグウィンの救出を試みる可能性が高い――それが分かっていて、孝太郎達《たち》は何もしない訳にはいかなかった。放置すれば、これまでのヴァンダリオン派との戦いで失われた多くの命が浮《う》かばれないからだった。

「これでいいんですかねぇ……ファスタさん、悪い人じゃなかったですよぉ？」

旧ヴァンダリオン派が卑劣《ひれつ》な手段で攻撃《こうげき》してきているのは間違いない。だがそれを構成している人々の中には少なからず卑劣ではない、まともな人間が含《ふく》まれている。そんな人達とこのまま戦ってしまって良いのか――ファスタとの邂逅《かいこう》を経て、ゆりかはそこに思《おも》い悩《なや》むようになっていた。

「気持ちは分かるわ、ゆりかちゃん」

ゆりかの師匠《ししょう》であるナナも、それは同じだった。もちろんそれはナナだけではない。孝太郎達全員が少なからず感じている事だった。

「でもね、彼らは責任を取らねばならない。自分達がやっている事の責任を」

「責任……」

ヴァンダリオンが率いていた頃《ころ》は、単純に反乱で多くの命を奪《うば》った。ラルグウィンが率いるようになってからは大きな戦いはなかったが、それでも死んだ者は少なくなかった。

彼らの構成員にまともな人間が含まれていようと、その事実は動かない。まともだから許してやれ、という事には出来ないのだ。それを許すというのなら、力による現状の変更を認める事になってしまうから。

「でもでもぉ、上からの指示に逆らえない兵隊さんが罪に問われるのは………納得がいかないですぅ」

地球で孤立《こりつ》し閉鎖《へいさ》された環境《かんきょう》で、兵士達はラルグウィンの命令には逆らえなかった。これは反乱軍となった以降の、ヴァンダリオン派の兵士も同じだろう。逆らえば殺されかねない状況では、悪の片棒を担《かつ》ぐしかなかった。それなのに兵士まで同じように責任を問われる事には、ゆりかは納得がいかなかった。

「大丈夫《だいじょうぶ》よ、ゆりか」

「真希《まき》ちゃん……？」

「大昔ならともかく、今の法制度では、個々の兵士の責任は大きくは問われないわ。自分から進んで悪い事をしたんなら、その限りではないけれど」

地球だろうとフォルトーゼだろうと、戦国時代においては敵軍は一族郎党《ろうとう》まで縛《しば》り首《くび》、などという事が横行していた。だが近代化して人権意識が進んだ結果、個々の兵士は選択《せんたく》の余地がない場合には、重大な罪には問われない。もちろん上からの命令以外で、軍の権力や武装を利用して悪事を働けばその限りではない。例えば虐殺《ぎゃくさつ》を行ったり、薬物の密輸を行ったりした場合は、死をもって償《つぐな》わせるケースもある。だがそれ以外では兵士個人は重罪には問われないのが一般的《いっぱんてき》だった。重くても数年の禁固《きんこ》刑《けい》くらいだろう。

「じゃあ、ファスタさんは？」

ファスタはある程度地位があり、作戦を立てる側の人間だった。だからファスタは一般《いっぱん》の兵士とは違《ちが》って、捕らえられれば重い罪に問われるのではないか――ゆりかが一番心配しているのはやはり彼女の事だった。

――正直なところ、ファスタさんはそこを覚悟《かくご》している節があるが……それでもゆりかは……仕方ない、ここは……。

孝太郎はそうやってゆりかが心配そうにしているのが見ていられなくなった。そこで孝太郎はゆりかの頭に手を置いて軽く二、三度叩《たた》いた。

ぽんぽん、ぽん

「心配するな、ゆりか。あの人はルースさんみたいに大真面目なタイプだから、余計な悪さはしてないだろう。それと俺達に協力してくれた事が二度あるから、情状《じょうじょう》酌量《しゃくりょう》の余地がある。お前が心配するような事にはならん」

孝太郎はラルグウィンはともかく、ファスタに関してはそれほど心配していなかった。

彼女は役目に忠実で、仲間を守ろうという姿勢も明確だ。標準的な兵士の行動から逸脱《いつだつ》した悪事をしたとは言えない。しかもこれまで二度ほど、孝太郎達の手助けをしている。それは輸送船のセキュリティコードの件と、先日の戦いの手引きだ。そうした事を考え合わせると、一般の指揮官級の兵士と比べても罪は軽くなりそうな気がしていた。

「……………本当ですかぁ？」

だがゆりかはまだ心配そうだった。彼女もそうなんだろうな、ぐらいには思うのだが、もう一つくらい安心材料が欲《ほ》しかった。

「俺《おれ》がお前に嘘《うそ》を言った事があるか？」

「ありますよぅ。いつも私を騙《だま》しますぅ」

ゆりかはちょっとだけ口を尖《とが》らせて反論する。こういう風に言われても信じられなかった。孝太郎はしばしばゆりかに嘘をつく。冗談《じょうだん》を言ったり、ゲームの時に騙されたり。

「普段《ふだん》じゃなくてだな、真面目な時の話だ」

「それは………ない、かな？」

だが確かに、本当に大事な時には孝太郎が嘘を言った事はなかった。そこには彼女も自信があった。

「じゃあ、そういう事だ。それにな、もし本当にお前の心配するような事になったら、その時は俺達が助けに行けばいいだろ」

実は一つだけ、孝太郎が懸念している事があった。

――――問題はラルグウィンの奪還が、法的にどのように解釈《かいしゃく》されるかだ……特に死者が出た場合は……早まるなよ、ファスタさん……。

兵士としてのファスタに問題がない事は恐《おそ》らく間違いない。だが単独になってからの行動に関しては、兵士としての規定に守られていない。その全ての責任は彼女にかかってくるのだ。孝太郎達と共闘《きょうとう》していた時は兵士としての行動に準ずると考えられるが、この先のラルグウィンの奪還に関しては全て彼女の責任になる。彼女にとっては恩人ではあるが、重犯罪者であるラルグウィンの奪還は法による統治に対する挑戦《ちょうせん》であり、どうしても重い罪に問われる。特に彼女の行動によって死者が出た場合には、重大な結果を伴《ともな》う可能性が考えられた。孝太郎がこの問題をキリハに相談した際の彼女の返答は『せめて死者が出なければ………』というものだった。

この問題に関しては、孝太郎はあえてゆりかには伝えていない。伝えてもゆりかを不安にさせるだけだし、対策は何もない。ただファスタが、孝太郎達が感じた通りの人間である事を祈《いの》るしかない状況だった。そして死者が出ていない状態にもかかわらず、度重《たびかさ》なる協力が評価されずにファスタが困った状況に陥《おちい》った場合には、孝太郎も行動を起こす。それは孝太郎の倫理観《りんりかん》に照らし合わせると、どうしても我慢できない部分だった。

「そっ、そんな事しちゃって良いんですかぁっ!?」

孝太郎の思わぬ言葉に、ゆりかは目を丸くして驚きの声をあげた。誰よりも真面目な孝太郎がルールを破ると断言する事は、ゆりかには驚きだった。

「お前がどうしても必要だって言うなら、仕方ないだろ。それは俺にも必要な事だ」

孝太郎は基本的にルールを破る事が嫌《きら》いだ。だがもっと嫌いなのは、道理が通らずに苦しむ人が出る事だ。そしてその事に心を痛める人が出る事だ。簡単に言うと、アライアの理想が崩れる事を良しとしない、という事になるだろう。その場合には孝太郎もルールに目を瞑《つぶ》る事になる。今回のケースで言えば、ファスタ自身が誰も殺さなかったにもかかわらず重い罰《ばつ》を受ける事になったら、そしてその事でゆりかが思い悩むなら、孝太郎はルールを破る事になるのだろう。

「里見《さとみ》さん……えへ、えへへへ………悪いんだぁ、里見さんったらぁ………」

ゆりかに笑顔《えがお》が戻った。それはまるで直前までの心配そうな顔が、嘘であったかのような大きな変化だった。

「その時はお前も悪の魔法使いの仲間入りだぞ?」

「その時はその時ですぅ」

そもそも兵士達とファスタはそんなに大きな罪には問われない。そしてもしもの場合には、孝太郎が何とかしてくれる。ならばゆりかにはもう、悩む必要はなかった。孝太郎が約束してくれたのだから、それ以上は必要なかった。

「という訳で今はやるべき事をやるぞ」

「はぁ～～～い！」

ゆりかに元気がなかったのは、自分の行動の結果、ファスタや兵士達が捕らえられて大変な事になったら申し訳ないという思いからだ。だがもう心配はない。彼女は元気を取り戻し、愛用の杖《つえ》をしっかりと構えた。

「真希ちゃぁん、私はこの辺りの魔力を調べてみますぅ」

「分かった。私は監視《かんし》装置の類を探してみるわ」

「お願いしますぅ」

実は孝太郎達は今、ラルグウィンが入院している病院の近くに居た。移送時にファスタや旧ヴァンダリオン派の襲撃が予想されるので、調査にやってきたのだ。既に襲撃の準備が始まっていてもおかしくはない。備えは必要だった。そんな事情があって、孝太郎は魔法の専門家であるゆりかと真希を連れて調査にやってきたという訳だった。

「ふふ」

そんな二人の様子を後ろから眺《なが》めていたナナが小さな笑い声を漏《も》らした。

「どうしました？」

そんなナナの笑い声に気付いた孝太郎が理由を尋《たず》ねると、彼女は孝太郎の方を向いてよりはっきりとした笑顔を作った。

「里見さんって、とっても頑固者《がんこもの》のイメージがあったけど……ゆりかちゃんの為ならルールも破るんだなぁって思って」

「……さっきのは、あながちゆりかの為だけって訳でもないんですよ」

孝太郎は小さく苦笑《くしょう》する。確かにゆりかの為という面は大きい。やはりゆりかは優《やさ》し過ぎるのだ。だが理由は決してそれだけではなかった。

「他の子達にも必要ってコト？」

「それもありますけど、大半は俺自身の為です」

「里見さんもやっぱりファスタさんが心配なのね」

「はい。立場上、秘密なんですけど……」

やはりファスタの個人的な部分を知ってしまった事が大きかった。ラルグウィンが自分のしでかした事の責任を取るのはいい。だがファスタがそれに付き合わされる構図は、孝太郎としてはしっくりこない。たとえそれをファスタ自身が望んだとしてもだ。だからファスタがどうしようもない状態に陥ったら、そしてその時の彼女に同情の余地があったなら、孝太郎は行動を起こすつもりでいた。もちろん、そんな事にはならないのが一番であるというのが大前提ではあったが。

「………それに、青騎士《あおきし》が慈悲《じひ》を見せないのも問題よね」

「あっ、これからはその理由にします。罪を憎《にく》んで人を憎まず」

「ふふ、ずるいんだ。………ねえ、里見さん」

「はい？」

「もし私がピンチになったら、里見さんはその時もルールを破ってくれる？」

ナナは軽く首を傾《かし》げるようにして、間近から孝太郎を見上げる。すると頭の両脇《りょうわき》で束ねられたその長い髪《かみ》が、さらりと流れた。この時のナナの顔は、何かを探《さぐ》るように、自信なげだった。そんなナナの微妙《びみょう》な気持ちに気付かぬまま、孝太郎は少し考え込《こ》んだ。

「そもそもピンチにならないでしょう、ナナさんは」

それが数秒考え込んだ後の、孝太郎の結論だった。孝太郎にはナナがピンチに陥るシーンが想像出来なかった。ナナはいつも一方的に敵をやっつけているのが常だ。そこはやはり元とはいえ、天才魔法少女だった。

「もしもの話だってば！　もうっ！」

「破りますよ。ピンチの子供を放っておくほど、ルールに拘《こだわ》りはありません」

歴史を変えてはいけないと分かっていても、目の前のキィ――――キリハの危機を放っておけなかった孝太郎だ。それがナナであれ、答えは同じだった。

「…………その即答《そくとう》は腹立たしいんですけど？」

子供だから助ける、それはナナの欲しい答えとは少し違う。けれど孝太郎が言っている事の意味も分かる。ナナは自分でも分かっているのだ。自分が一人の大人の女性として、未完成であると。だから孝太郎に不満げな視線を投げかけつつも、それ以上の反論はなかった。

「ナナさんは子供ですよ。確かにナナさんの実績は凄いし、俺達《おれたち》より年上かもしれませんけど…………それでも見た目以上に中身が子供なんです」

大人になる事を強《し》いられた子供、それが孝太郎のナナに対する評価だった。子供でいる事を諦《あきら》める事は、大人になるのとは違う。だからナナはいつもアンバランスだ。大人のように振舞《ふるま》いながらも、心はどこか満たされずに助けを求めている。それは孝太郎がルールを破る理由として十分だった。

「ぶぅ…………だったら、私を子供だと言った責任は取って貰《もら》うからね？」

「お祭りで食べ物たかるくらいで許して下さい」

「良いわ。約束だからね？」

「はい」

「よしっ！　私も行ってくる！」

ナナは再び笑顔になると、ゆりかと真希の後を追って走り出した。

――ふふ、それはお祭りに一緒《いっしょ》に遊びに行く約束でもあるのよ、里見さん。ちゃんと分かってるのかしらね？

当初は孝太郎に子供扱《あつか》いされる事が腹立たしかったナナだが、最近は口ほどにはそう思わなくなってきている。自分の身体《からだ》の事やこれまでの出来事を踏まえると、ナナを子供だと言い切ってくれる人間は貴重なのだと気付いたからだった。


ナナと真希は軍事関係の経験を生かした地道な調査。ゆりかは魔法を使った調査。孝太郎は霊能力《れいのうりょく》中心の調査。四人はそんな分担で襲撃者《しゅうげきしゃ》の痕跡《こんせき》を捜《さが》していた。そして気になる事があれば集まって検討する。そうした事を何度か繰り返した後で、真希はある結論に至った。

『………マキ、それは軍用グレードの監視装置ですわ。熱光学迷彩《めいさい》が標準装備の上、電磁波や重力波を徹底《てってい》して出さない仕組みになっていますの。相当見付け難かった筈ですけれど、よく見付けましたわね？』

「ごろすけが見付けてくれたんです。………お手柄《てがら》よ、ごろすけ」

「にゃー」

きっかけはごろすけが見付けた謎《なぞ》の装置だった。真希は自身の経験を頼りに、自分ならこういう場所に監視の為《ため》の装置を仕《し》掛《か》けるだろうと目星を付けて、幾《いく》つかの地点を調べていた。するとそうした地点の一つで、ごろすけが何もない場所を威嚇《いかく》し始めた。不審に思って調べてみると、そこには巧妙《こうみよう》にカモフラージュされた謎の装置が設置されていた。そして見付けた装置をクランに見せたところ、それが高度な監視装置だと分かった、という訳だった。

「これは敵が設置したもので間違いないと思うわ。つまり………ラルグウィンを移送する時に、誰《だれ》かが襲《おそ》って来るという事です」

それが真希の結論だった。皇国軍側が仕掛けたものであれば、識別用のコードなどが設定されている筈だが、そうした様子はない。また皇国軍の持ち物であれば、そもそも隠《かく》す必要がない。堂々と幾つでも好きなだけ仕掛ければいいのだ。そうではない訳なので、この監視装置は敵の持ち物である事が想像された。

「凄《すご》いですぅ、野生の勘《かん》ですねぇ、ごろすけちゃぁん」

「なー」

「問題はどちらの勢力の仕業《しわざ》なのか、って事ね。ファスタさんか、それとも旧ヴァンダリオン派なのか」

ナナはそう呟《つぶや》いて腕組《うでぐ》みする。ナナも真希と同じ結論に至っていた。そしてそうである以上は、襲撃者が何者であるのかという事が重要だった。

「全く魔力を感じませんから、ファスタさんかもしれません」

『わたくしもそう思いますわ。この装置は軍用グレードの中でも、特殊《とくしゅ》部隊が好んで使うような代物《しろもの》ですの。ファスタさんの持ち物と考える方が自然ですわ』

発見された監視装置は、簡単に言うと高級品で扱いが難しい。一般的な部隊に持たせるにはコストが見合わず、また兵士達に専門の知識を学ばせなければならない。それぐらいならもっと扱いが簡単で安いものを配備するべきだった。だからこれがこの場所にあるというだけで、敵は特殊な任務に従事する部隊に所属する人間である証明となる。混乱中の旧ヴァンダリオン派よりも、ファスタの持ち物である可能性が濃厚《のうこう》だった。

「ゆりか、ここから触《さわ》らずに調べられるか？」

実は孝太郎達はまだ発見した装置に触《ふ》れていない。それが監視装置である以上、近付いたり触れたりすれば相手に伝わる。今は近くで子猫《こねこ》が騒《さわ》いだぐらいなので、監視装置は設置した人物に警告を発したりはしていないだろう。できればその状態を維持《いじ》したいのが孝太郎達の本音だった。

「難しいですが、何とかやってみます」

「頼《たの》む、今はお前だけが頼りだ」

「はい」

ゆりかは力強く頷《うなず》くと、魔法による調査を始めた。使う魔法は所謂《いわゆる》情報系に属するものだ。過去に装置の周辺に居た何者かの痕跡を見付け出そうというのだった。

――ゆりかがこの顔をしている時は、任せて大丈夫だな……。

孝太郎はこの時のゆりかの様子から、今日の彼女《かのじょ》には期待出来そうだと感じていた。ゆりかは熱意にムラがあるので駄目《だめ》な時は本当に駄目なのだが、孝太郎はこうやって前向きな意志に満ちている時のゆりかが失敗したところを見た事がなかった。

「……余裕《よゆう》ですね、里見君」

「にゃー」

そんな孝太郎に真希が近付いていく。その後にはごろすけが続く。装置を見付けてお手《て》柄《がら》だったごろすけだが、今はもう真希にしか興味は無いようだった。

「あの顔のゆりかなら大丈夫だ」

「はい。ナナさんの弟子《でし》の、魔法少女の顔をしていますよね」

「でも最初は酷《ひど》かったんだぞ？　俺を盾《たて》にして自分だけ助かろうとしたり……」

孝太郎はゆりかの背中を見つめながら、二年前の事を思い出す。今でこそ頼り甲斐《がい》のある背中だが、その頃は酷く不安にさせられる背中だった。

『い、いやぁぁぁっ！　こっちこないでくださいぃぃぃっ！』

『ふぇっふぇっふぇっ、良いではないか良いではないか』

『ゆうれいいやぁぁぁぁっ！』

『ホレホレどうした、魔法少女☆レインボゥゆりか～』

孝太郎は今もよく覚えている。ゆりかは困難に際して、まずは逃《に》げる事を考えた。自分で解決せず、他の者に任せた。彼女が早苗《さなえ》と対立した時でさえ、自分では解決せず孝太郎の背中に逃げ込んだ。だから孝太郎達はゆりかの言葉を聞かなかった。それは魔法少女の行動には見えなかったから。今の彼女とはまるで違う。もしあの頃からこのゆりかであれば、孝太郎達は早々にゆりかに協力していた事だろう。

「うみゃ～～」

「里見君は、いつ頃《ごろ》からゆりかを信じるようになったんですか？」

孝太郎は懐《なつ》かしそうに目を細める。真希はごろすけを抱《だ》き上げると、そんな孝太郎に笑いかけた。

「最初はアレだな、カブトムシ。藍華《あいか》さんが来るちょっと前の事なんだけど」

「カブトムシ？　ああ、知り合いから預かったっていう……」

それは真希が来る前の出来事ではあったが、彼女も話では聞いていた。孝太郎達の間では度々《たびたび》話題に上がる珍事《ちんじ》だったのだ。

「そうそう、あいつ引《ひ》っ越《こ》しする知り合いから、カブトムシを三匹《びき》預かって来てさ」

孝太郎はそう言って楽しそうに目を細めた。ゆりかはあの時、プラスチックの飼育箱を抱《かか》えて泣きそうな顔をしていた。中には三匹のカブトムシが入っていた。その名もへらくれす、あとらす、こーかさす。心優《こころやさ》しい彼女は引っ越しをする知り合いから、一時的にその飼育を託《たく》された。それだけなら何も問題はなかった。

『でも、あの頃は貴方《あなた》がパルドムシーハに粗相《そそう》をしたばかりで、カブトムシにとって貴方の部屋は地獄《じごく》以外の何物でもなかった』

通信機越《ご》しにクランが話題に加わる。彼女も遠隔《えんかく》で調査を手伝ってくれているのだが、今はゆりかの結果待ちで手持《ても》ち無沙汰《ぶさた》だった。

「お前詳《くわ》しいな」

『わたくしもその被害者《ひがいしゃ》の一人でしてよ？』

「あ、そういやあん時お前と戦ってたんだっけ」

『……色んな意味で忘れたい過去ですわ』

カブトムシが大好きな孝太郎が、寝惚《ねぼ》けてルースをカブトムシが沢山住んでいる木と間違えたせいで、当時の一〇六号室におけるカブトムシは危険物そのもの。飼育箱に入った三つの手榴弾《しゅりゅうだん》は、ルースの目に触れれば跡形《あとかた》もなく吹《ふ》き飛ぶ運命だった。

「でもな、あいつはちゃんと守り切ったんだよ。最後まで投げ出さなかった。自分が守らないと駄目だって、分かっていたんだ」

たかだか三匹の虫の事ではある。だがだからこそ、その小さな命を守れるのは彼女しかいなかった。その命を預かり、きちんと最後まで守り切った。その事は孝太郎の心に少しだけ変化をもたらした。思えばあの時のゆりかの頑張《がんば》りこそが、その後の彼女への信頼へと繋《つな》がっていった気がするのだった。

「その先は……藍華さんも知っての通りさ」

「ふふ、カブトムシか……私にとってのあなたと同じね」

「にゃー」

「まあ、そういう事になるかな」

そうやって孝太郎が頷いた時、当のゆりかが孝太郎達の所へやってきた。一通りの調査が終わったのだ。

「何の話ですかぁ？」

「なんでもない。他愛《たあい》のない話さ。それで、どうだった？」

もう少し思い出話がしたい気分だったが、今は優先すべき事がある。孝太郎はすぐに表情を引き締《し》めた。

「一つだけですが、足跡《あしあと》が残っていました。女性の足跡で、身長は高めだと思います」

装置を設置した人物は余程《よほど》慎重《しんちょう》に立ち回ったのか、殆《ほとん》ど痕跡が残されていなかった。だがほんの微《かす》かに、足跡が残っていた。靴《くつ》に付いていた違う場所の土が、コンクリート上に残されていたのだ。その土にはミネラル分が多く含まれており、この辺りの土とは組成が違っている。どちらかといえば農場にあるような種類の土だった。

「………ファスタさん、だろうな」

「そう思います。襲撃《しゅうげき》の為の下見に来たんでしょう」

孝太郎とゆりかの結論は同じだった。フォルトーゼにおいても女性の兵士は比較的《ひかくてき》数が少なく、長身の女性ともなれば大分絞《しぼ》られる。そして特殊部隊ないしそれに相当する技術の持ち主となれば、恐らく何人もいない。ファスタがこの装置をここに仕掛けたのだ。ゆりかの表情は硬《かた》い。覚悟はしていても、全く気にならないという事ではないのだ。

「ゆりか、ファスタさんが心配なら、お前が彼女を守り切れ」

「ファスタさんを、守る……？」

孝太郎の言葉に、ゆりかは目を丸くする。それはゆりかが思いもしなかった考え方だった。ゆりかはファスタと戦うのだと、そればかり考えていたのだ。

「ああ。お前になら出来る」

今のゆりかは出会ったばかりの頃の彼女とは違う。今のゆりかなら、カブトムシだけでなく、ファスタの事も守れる筈だ。孝太郎はそう確信していた。

「……。はいっ！」

戦う必要などない。ファスタを過酷《かこく》な運命から救うのだ——その考え方はゆりかの感性によく馴染《なじ》んだ。おかげでゆりかの表情から悩ましげな印象が抜《ぬ》け落ちる。厳しい表情なのは今も同じだが、それはただ決意に満ちた表情だった。

宮廷魔術師団《きゅうていまじゅつしだん》は皇帝《こうてい》直属の組織なので、通常は皇宮《こうぐう》に居る。フォルトーゼではまだ法的に魔法というものが定義されていないので、彼女達《かのじょたち》は法律上は諜報《ちょうほう》機関の一つという事になっている。その任務は通常の諜報機関の手に余るような、特殊な事件の解決だ。つまり魔法関連の事件を専門に扱うという事だ。そんな彼女達なので、現在は旧ヴァンダリオン派に対する対策が主な仕事となっている。特に霊子《れいし》力技術や魔法に関する生産施設《しせつ》の洗い出しは彼女達の重要な仕事の一つだった。

「みんな、青騎士《あおきし》からの協力要請《ようせい》が届いたわ」

宮廷魔術師団のリーダーはパープルがやっている。ダークネスレインボゥ時代も彼女がリーダーだったので、自然とその役割に収まった格好だ。年上でいつも冷静なので、他の者達にも異論はなかった。

「戦闘《せんとう》!?」

パープルの報告にクリムゾンが目を輝《かがや》かせる。それまで退屈《たいくつ》そうに応接セットのソファーに寝転《ねころ》がっていたのだが、そこから身を乗り出すようにしてパープルの返事を待っていた。

「残念ながら」

「よっしゃあああああああぁぁぁぁっ!!」

クリムゾンは一度嬉《うれ》しそうに両腕《りょううで》を頭上に突《つ》き上げると、そのまま身体を大きく振《ふ》って跳《は》ね上がるようにして立ち上がった。そして足早に仕事部屋を出て行こうとする。

「ちょっと待ってクリムゾン、貴女何処《あなたどこ》に行くの⁉」

グリーンは部屋を出ようとするクリムゾンを慌《あわ》てて止める。パープルはまだ何も話していない。敵が何処の誰なのかも分かっていなかった。

「準☆備♪　詳しい話はあんたが聞いておいて、グリーン！」

流石《さすが》にクリムゾンも出撃《しゅつげき》するつもりではなかった。新しい装備や魔法《まほう》の準備をしに行くつもりなのだ。フォルトーゼへやってきて多くを学んだ結果、彼女はかつてない程《ほど》強大な力を身に付けている。そのどれを使おうか、今はその事で頭がいっぱいだった。クリムゾンはそのまま軽い足取りで部屋を出て行った。

「クリムゾン……はぁ～～～」

クリムゾンを見送ったグリーンは頭を抱えて大きな溜《た》め息《いき》をつく。クリムゾンが大好きなグリーンだが、たまにこうしてついていけないところがあった。そんなグリーンにオレンジが笑いかける。

「相変わらずだね、クリムちゃんは。雰囲気《ふんいき》だけならデートにでも行くよーな感じなのに」

オレンジの感覚では、クリムゾンの姿にはデート前の女の子のような空気感が感じられ

た。着ていく服やバッグを選ぶかのように、魔法の杖や儀式《ぎしき》素材を選んでいるのだ。

「実際その通りなんじゃないかしら。青騎士《あおきし》やネイビーとデートに行くようなつもりでいるんだと思うわ」

ブルーが淡々《たんたん》とした調子でオレンジに同意する。いつも表情が乏《とぼ》しく何を考えているのか分かり難《にく》い彼女だが、実は洞察力《どうさつりょく》に優《すぐ》れている。ブルーの感覚でも、クリムゾンはデートぐらいのつもりでいるように感じられていた。

「そんな事はないわ」

ブルーの言葉を聞き、グリーンが少しムッとしたような表情を作る。クリムゾンと真希が絡《から》む話をすると途端《とたん》に機嫌《きげん》が悪くなるグリーンだった。

「でも絶対にクリムちゃんは、ネイビーちゃんや青騎士君に新魔法や新作戦を見せたがると思うなー。凄いって褒められたいんだと思う」

オレンジが可愛《かわい》いと褒められたいように、クリムゾンはカッコいいとか強いとか褒められたいのだろう――オレンジはそのように解釈していた。無論この意見もグリーンは気に入らない。少し頬《ほお》を膨《ふく》らませてそっぽを向く。ただし薄々《うすうす》そうだろうなとグリーンにも分かっていたので、反論はなかった。

「みんな、パープルが困ってるわよ。脱線《だっせん》はここまでにして、話を聞きましょう？」

そんな時だった。絶妙《ぜつみょう》なタイミングでイエローが話題を修正する。オレンジ達がある程度言いたい事を言い、それでいてグリーンが癇癪《かんしゃく》を起さないギリギリのタイミング。思慮《しりょ》深《ぶか》くいつも穏《おだ》やかなイエローならではの心遣《こころづか》いだった。

「あっ、ごめんプルりん」

「悪かったわ、話を続けて」

すぐにオレンジとブルーが謝罪する。それと同時にグリーンが姿勢を正した。イエローのおかげで気が済んだのか、不機嫌《ふきげん》そうな様子はなくなっていた。

「………助かったわ、イエロー」

「いいえ。それで青騎士さん達は何て？」

ここまでは薄《うす》く微笑《ほほえ》んでいたパープルだったが、イエローに先を促《うなが》された途端に大真面目な表情に戻《もど》った。

「厄介《やっかい》な敵が来るかもしれないと言って来たわ。遂《つい》に例の大魔法使い、グレバナスが出て来るかもしれないそうなの」

「それは確かなの、パープル？」

グリーンの目が光る。情報のエキスパートである彼女は、グレバナスについても良く知っている。フォルサリアの始祖にして、フォルトーゼの建国伝説に登場する反逆の大魔法《まほう》使《つか》い。彼《かれ》は巨竜《きよりゆう》を使役《しえき》し、猛毒《もうどく》を使ってフォルトーゼを破滅《はめつ》に誘《さそ》った超危険《ちようきけん》人物だ。それが本格的に行動を開始するとなれば、笑っていられるような状況《じようきよう》ではなかった。

「今すぐに出てくる可能性はそれほどでも無いらしいわ」

「捕《とら》えられた向こうの司令官――ラルグウィンの怪我《けが》が治っていないから、よね。グレバナスほどの大魔法使いなら、重傷の時期に奪還《だつかん》するリスクを冒《おか》す必要はない」

ブルーは治療《ちりよう》や召喚《しようかん》に関する魔法や知識に長《た》けている。怪我と襲撃のリスクを比較《ひかく》すると、少しだけ襲撃を遅《おく》らせた方が良いだろう、というのがブルーの見立てだった。

「ブルーの言う通りよ。でもその可能性を無視する訳にはいかない程度には、可能性はあると考えられているようね」

可能性は低くとも、グレバナスの危険度が高過ぎるせいで、全体としてのリスクを無視できない。可能性が十分の一でも、被害《ひがい》が百倍なら対策は必要だった。

「……………内部の権力抗争《こうそう》かしら？」

イエローは可能性がゼロではないという点をそのように解釈した。するとパープルはその言葉に大きく頷いた。

「ええ。かつての我々と同じように、一枚岩ではないようだわ」

かつてのダークネスレインボゥは、多くの反フォルサリア組織の寄り合い所帯の様相を呈《てい》していた。おかげで意見はまとまらず、内部での対立が絶えなかった。他ならぬ最高幹部である彼女達でさえも、そうだったのだ。だから旧ヴァンダリオン派の内情は容易に想像がついた。

「いきなり指導者を欠いた訳だから、そうもなるわね」

イエローはそう言って大きく頷いた。そうしながら、イエローはある事に気付く。

――――いきなり指導者を欠いた、か……私達も人の事は言えないわね………。

今でこそ六人で活動している彼女達だが、本当はそこにあと二人、仲間がいた。それはエゥレクシスと真耶《まや》。彼女達を導く主導的な立場の二人だった。だが二人はヴァンダリオンとの最終決戦の際に行方《ゆくえ》不明になった。その後も彼女達は二人の事を捜していたが、未《いま》だに見付かっていない。やはりあの時に死んだのかもしれない、最近はそんな事を考え始めていた。

「ともかくグレバナスが出て来る可能性があるなら、青騎士《あおきし》達《たち》だけでは荷が重い。そこで私達に協力要請が来たって訳よ」

「クリムちゃんには大魔法使いの話は黙《だま》っておいた方が良さそうだね～～～」

「その方が良いわね。クリムゾンが大魔法使いに勝つ前提で準備したら、きっと街が滅茶《めちゃ》苦茶になってしまうから」

「ただし、私達の方は大魔法使いが出て来る前提で居た方が良さそうね。……私も準備を始めるわ」

そして彼女達もエゥレクシスと真耶の不在により、何処《どこ》か落ち着かない状態にあった。決してクリムゾンだけが落ち着かない訳ではないのだ。パープルも、オレンジも、ブルーも、グリーンも、何処か落ち着かない。現状と上手《うま》く気持ちが噛《か》み合わない。初めて真の意味での仲間を失った事が、思った以上に堪《こた》えているのだ。そしてそこにフォルトーゼへの帰還《きかん》を果たして大きな目的を失った事が、拍車《はくしゃ》をかけていた。

――真耶、エゥレクシス……こんな時に、貴方達《あなたたち》が居てくれたら……。

イエローは以前から漠然《ばくぜん》とした不安を抱えていた。何処か落ち着かない自分達は、いずれ重大な危機に陥るのではないか、と。そして遂に現れた大魔法使いグレバナス。それはかつてない強大な敵だ。もしかしたらその時が来てしまったのではないか――決して根拠《こんきょ》がある訳ではない。だがイエローはそれが恐ろしくてならなかった。

ラルグウィン争奪戦　十二月十二日(金)

ラルグウィンの移送は、彼が目を醒《さ》ました十日後に行われる事になった。彼の肩《かた》の傷は重傷だったので、これは地球の常識で考えると相当に早いと言える。だがフォルトーゼでは医療《いりょう》技術も大きく進歩しているので、その日の時点で移送が可能なくらいには回復しており、またこの先の医療は隔離《かくり》施設《しせつ》に移した後でも十分に可能であると判断された。簡単に言うとフォルトーゼ基準では命の危機は脱《だっ》したという事だ。もちろんそれは十分な医療が受けられる状況での話ではある。激しい運動をしたり、不衛生な場所ではその限りではなかった。

「……このタイミングで俺を移送するという事は、状況は混沌《こんとん》としているようだな、青《あお》騎士《きし》」

傷の影響《えいきょう》で不自由な生活をしているラルグウィンだが、その頭脳は健在だった。移送が可能になった途端の移送。これは様子を見る余裕が無いと考えるのが正しい。そんな彼の指摘《してき》に孝太郎《こうたろう》は思わず苦笑した。

「ああ。お前の部下達が混乱している間に動かしたいんだよ。代わりにファスタさんは来るかもしれないが――」

「――時間をかけ過ぎて、この病院でグレバナスや灰色の騎士を迎《むか》え撃《う》つよりはずっとマシ、というところか」

「まあな。それとお前がもう少し元気になったら、自力で逃げ出しかねないという事情もあってな」

「そうだな。俺の見切りのタイミングは、お前達には想像出来ないだろうからな」

実は旧ヴァンダリオン派とファスタが襲撃してくる可能性だけでなく、ラルグウィンの方にも問題があった。病院はあくまで医療施設であり、患者《かんじゃ》の脱走《だっそう》が想定された作りではない。だからラルグウィンはもう少し傷が治れば、脱出《だっしゅつ》を試みる可能性が極《きわ》めて高い。そしてそのタイミングはラルグウィン本人の感覚に強く依存《いそん》する。彼が怪我の具合とチャンスを天秤《てんびん》にかけ、いけると思った時がそのタイミングであり、孝太郎達《たち》には予想が難しいのだった。

「という訳で今日だ」

「……意外と評価してくれているんだな」

「もう少し自己評価が高くてもいいぞ、ラルグウィン。正直、お前みたいな奴《やつ》が一番危ないんだよ。もしお前がもう少し頭が悪かったり、仲間から嫌われていたら、敵はグレバナスと灰色の騎士だけで済んだんだ」

孝太郎達が移送のタイミングについて悩《なや》むのは、旧ヴァンダリオン派が彼の奪還を望むからだ。彼らにとって、ラルグウィンはそれだけの価値がある。それは彼の頭脳や仲間を大切にする点が、兵士達に評価されているからだろう。もしそうでなければグレバナスと灰色の騎士がラルグウィンの奪還を望んでも、彼らは協力しなかった。その場合は話はもっと単純で、魔法と混沌の力に注目していれば良かった。だがラルグウィンの評価が高いせいで、通常兵力が主体となる襲撃である可能性が高かった。それを裏付ける情報も入って来ている。皇国軍の諜報機関の情報によれば、ラルグウィン奪還論が内部対立の楔《くさび》となり、旧ヴァンダリオン派の空中分解を防いだらしいという話だった。

「そうかもしれんな。……ところで青騎士《あおきし》、お前はその灰色の騎士の――」

正体を知っているのか、ラルグウィンはそう言いかけた。

――いや、奴には借りがあったな……。

だがラルグウィンは実際に口に出す前に思い直した。今はもう敵に回っているのかもしれないが、灰色の騎士には以前の戦いで部下達を救い出して貰った借りがあった。それぐらいは返さねばならないだろう。そう思ったラルグウィンは質問を変えた。

「――目的が何なのかを知っているのか？」

これもまた気になっていた事だった。ラルグウィンも灰色の騎士が何を目的としているのかという事に注目してきたが、結局分からないままだった。分かっているのは、社会を混乱させる事がその手段の一つであるらしいという事までだった。

「お前だから言うが……実はまだよく分かっていない。別の世界からやって来て、混沌の力を使って世の中を乱そうとしているらしいという事と、同じ世界からやってきた早苗《さなえ》を狙《ねら》っているという事ぐらいまでしか分かっていない」

「……俺《おれ》の方と大差なしか」

「何故《なぜ》それを訊《き》く？」

「グレバナスの目的ははっきりとしている。だが灰色の騎士は一緒に行動していても、何が目的なのかがさっぱり分からなかった。それが不気味だったのでな、対立するお前達ならむしろ分かるのではないかと踏《ふ》んだ訳だ」

グレバナスの目的はマクスファーンを蘇《よみがえ》らせ、二千年前の目的を果たすというものだ。これは最初から一貫《いっかん》していた。だが灰色の騎士は何を考えているのかが分からない。作動する条件と爆発物《ばくはつぶつ》の量が分からない時限爆弾《ばくだん》――それがラルグウィンの灰色の騎士に対する評価だった。

「期待に沿えなくて悪いな。だが、この先の戦いで分かってくるだろう」

「分かったら教えてくれ」

「という事は、逃げるつもりはないのか？」

ラルグウィンの思わぬ言葉に、孝太郎は思わず訊き返す。孝太郎が教えられるという事は、ラルグウィンと話せる状況だという事になる。つまり彼が脱走しないと言っているようにも聞こえる。

「いや、この件は特別だ。仮に逃げ出せても、この情報に関しては交換《こうかん》したい」

「分かった、それはこちらも同じだ」

孝太郎にとっても、ラルグウィンにとっても、灰色の騎士は謎の存在だ。そしてその目的次第《しだい》では、双方《そうほう》にとってのトラブルの種になりかねない。自然災害と同じで、敵味方関係なしに、共有しておくべき情報のように思えてならない二人だった。

「よし、俺はそろそろ行く。ラルグウィン、今日はせめてファスタさんが来るまでは大人しくしていてくれよ？」

「青騎士《あおきし》……ファスタは来ると思うか？」

「……それはお前が一番よく分かっているだろう。じゃあな」

そう言い残し、孝太郎はラルグウィンに背を向けた。孝太郎にも仕事は沢山《たくさん》ある。ここに留《とど》まっている訳にはいかなかった。ちなみにラルグウィンに会いに来たのも仕事の一環《いっかん》だ。彼の様子や、不審《ふしん》なものが部屋にないかを確認《かくにん》しに来たのだった。


ラルグウィンの部屋を出た孝太郎が向かったのは、病院の最上階だった。ラルグウィンが居るフロアから五つ上になる。そこにいる仲間達に用があったのだ。

部屋に入るなり、孝太郎は早苗に声をかけた。すると近くに浮《う》かんでいた幽体離脱《ゆうたいりだつ》状態の『早苗ちゃん』が反応した。彼女はずっと孝太郎の傍《そば》にいて、ラルグウィンの霊波《れいは》を読んでくれていたのだ。

「早苗、どう思う？」

『ダイジョブ。今のところ、自分で何かをするつもりはないみたいだったよ』

ラルグウィンの霊波は落ち着いていた。自分で何かをするつもりなら、もっと激しい心の動きがある筈《はず》なので、早苗はラルグウィンが今のところは静観するつもりなんだろうと感じていた。

「多分、ファスタさんの動きを待つつもりなんだと思います」

生身の肉体の方に残っていた『早苗さん』がそう分析《ぶんせき》する。ラルグウィンが勝手に行動してしまうとファスタの計画に狂《くる》いが生じてしまう。それはファスタを危険に晒《さら》す事になるので、『早苗さん』にはラルグウィンがファスタに合わせて行動出来るように、行動を慎《つつし》んでいるように感じられた。

「それだけファスタを信じてるんだよ。あの人が絶対助けに来るってね」

最後に『お姉ちゃん』がそう付け加える。それが三人の早苗が出した結論だった。

「決まりだな。やはり襲撃はある前提で進めよう」

孝太郎の結論も早苗達《たち》と同じだった。ラルグウィンには絶望したり、諦めたりしている様子はなかった。孝太郎にも、ラルグウィンはファスタが来ると確信しているように感じられていた。

「ふん、そうじゃなきゃ、あたし達の苦労が報《むく》われないわ」

近くにいたクリムゾンが口を挟《はさ》む。実は宮廷魔術師団もこの場所に居た。彼女らの役目は病院の周辺で魔法が使われないようにする事だった。実は現状で一番危険なのはグレバナスがテレポートの魔法を使ってラルグウィンを連れ去る事だった。テレポートの魔法は連発できるような代物ではないが、不死者と化したグレバナスなら二度ぐらいは連続使用が出来るかもしれない。それを防ぐ必要があったのだ。

「あなた何もやってないでしょう？　……ふぁぁぁぁぁぁ〜〜〜」

クリムゾンの隣《となり》でグリーンが大あくびする。テレポート対策は、グリーンが先頭に立って行った。テレポートを使用する上での厄介な点として、移動先に障害物があった場合に大きな事故に繋がるという事が挙げられる。例えば術者の腕《うで》が、移動先の樹木と重なったりすると、重複部分が共に吹き飛ぶなんて事が起こってしまう。厳密には異なるのだが、もたらされる結果は超高速《ちょうこうそく》の衝突《しょうとつ》事故が一番近いイメージだ。だから通常は、移動先は目視出来る場所か、よく知っている場所に限られる。そしてどちらでもない場合は、直前に情報系の魔法を使って現地の様子を確認しなければならない。つまりそれを防ぐ事が、テレポートを防ぐ事にもなる。そしてグリーンは情報系や占術《せんじゅつ》系の魔法のエキスパートなので、それらを防ぐ事にも長けていたのだった。

「やってるわよ。あんた達の護衛」

「青騎士《あおきし》と遊んだり、ネイビーとお菓子《かし》食べながらでしょう？」

テレポート対策に獅子《しし》奮迅《ふんじん》の働きだったグリーンに比べると、クリムゾンは殆ど何もしていない。彼女が得意な魔法は、攻撃魔法《こうげきまほう》の多くが属しているエネルギー系に偏重《へんちょう》しており、こうした局面ではあまり役に立たない。戦いに備えて孝太郎と模擬《もぎ》戦をするとか、真《ま》希《き》と一緒に魔法談義をするぐらいしかなかった。

「どうせ大した敵は来ないんだから良いじゃない、ちょっとぐらい」

「あのグレバナスを相手によくそんな事が言えるわね？」

「えっ、グレバナスが来るのっ⁉」

クリムゾンの瞳《ひとみ》が期待に輝く。

「しまった⁉」

逆にグリーンの瞳は曇《くも》る。実はこれまで、クリムゾンにはグレバナスが襲撃してくるかもしれないという情報は伝えていなかった。これはクリムゾンの暴走を防ぐ為の措置《そち》だったのだが、それがグリーンの失言で遂に伝わってしまっていた。

「そうならそうと言いなさいよね、こっちにもやる事があるんだから♪」

クリムゾンは弾《はず》むような足取りで部屋の片隅《かたすみ》に向かう。これまでが嘘《うそ》のように上機嫌《じょうきげん》だった。そこには戦いに備えて多くの魔法関連の装備が集められている。基本的な魔術触《まじゅつしょく》媒《ばい》や魔法のかかった銃弾《じゅうだん》はもちろん、支配者の王冠《おうかん》や虚無《きょむ》変換機《へんかんき》といった禁呪に属するような代物まで。クリムゾンはそれを一つ一つ手に取り、まるでデートに備える女の子のように吟味《ぎんみ》し始めた。

「…………あちゃー………」

グリーンは頭を抱える。一番まずい展開だった。

『孝太郎、あっちにもティアみたいなのが居るんだね』

「もっと過激だがな、あいつは」

「青騎士《あおきし》、あんたが本気で戦ってくれるならグレバナスは我慢《がまん》してもいいけど」

実はクリムゾンにとって一番の不満は、孝太郎が本気で戦ってくれない事だった。不死者になる前とはいえ、グレバナスに勝った男の本気が見たいのだ。だから孝太郎が戦ってくれるなら、グレバナスの事ぐらいは我慢できるクリムゾンだった。

『どーすんの孝太郎、緑眼鏡が泣いて拝んでるけど』

早苗の視線の先では、グリーンが孝太郎に手を合わせるようにしていた。グリーンとしては制御《せいぎょ》不能の戦闘になるより、孝太郎と試合――多分ほぼ実戦も同然になるのだが建前上は――をする方がずっと良かった。

「どうするったって、あいつと本気でやったら焼け野原が出来上がるんだぞ⁉」

孝太郎は、本気のクリムゾンがどれだけ危険かをよく知っている。彼女とは実戦も模擬戦も多くこなしているのだ。だから安易に『はい』とは言えなかった。そうやって困っている孝太郎とグリーンだったのだが、そこに救いの女神《めがみ》が現れた。

「落ち着いて、クリムゾン」

　その女神は真希だった。彼女はそう言いながら笑顔《えがお》でクリムゾンに近付いていった。

「真希!!　でも例の大魔法使いが来るらしいじゃないの!?」

　クリムゾンにとって真希は友達だ。その姿はまるで、試合前の選手が友達に対戦相手の事を話すかのようだった。そんなクリムゾンに、真希は笑顔のまま答えた。

「でもね、クリムゾン。グレバナスの攻撃《こうげき》は、確実に起こる保証がないのよ」

「えっ？　どのぐらい？」

　ここでクリムゾンの表情から輝きが薄れる。真希の言葉はクリムゾンにとって予想外のものだった。グレバナスは絶対に来るものだと思《おも》い込《こ》んでいたのだ。その姿は対戦相手の欠場を聞いた選手のようだった。

「私の予想では、十に一つってところよ」

　この真希の言葉は真実だ。孝太郎達は本当に、その程度の可能性で見積もっている。いつかは必ず来るものの、それは今ではなさそうだという判断なのだ。しかし可能性は低くとも、想定される被害があまりにも大きく、対策はせねばならない状況だった。

「………なぁんだ………期待して損しちゃった………」

　だがクリムゾンの場合はそうではない。期待して待つには、十に一つはあまりにも分が悪い賭《か》けだ。クリムゾンは大きな溜め息と共に肩を落とし、休憩《きゅうけい》用に設置されていたソファーへ向かった。

「だからグリーンも黙っていたのよ。あなたに期待させても悪いでしょう？」

「そーゆーことねー」

ばふっ

クリムゾンはソファーに倒《たお》れ込んだ。少し前までの彼女とは打って変わり、退屈そうだった。期待が大きかった分、落胆《らくたん》も大きかったのだ。そんなクリムゾンの隣に真希がそっと腰《こし》を下ろす。

「真希ぃ、あんたの男に私と戦ってくれるようにお願いしてくれない？」

「どのレベル？」

「全力。下手すると死ぬやつ」

「それは……今回の移送の結果次第ね。上手くやってくれたら頼んであげるわ」

「ホント⁉」

「ホントよ」

「うみゃー」

「よっしゃーっ！」

クリムゾンは幾《いく》らか真希と話した時点で、普段《ふだん》の調子を取り戻していた。それが出来るのはやはり、真希がクリムゾンの友達だからだろう。

「……………」

グリーンはそんな二人を不満げに眺《なが》めていたのだが、結局は何も言わなかった。真希が居なければややこしい事になっていたからだ。今のグリーンには、ちゃんとその辺りの分別はあった。そんなグリーンに孝太郎が近付いていく。

「グリーン、話を戻すが……お前達の予想を聞いておきたい。襲撃はどのタイミングだと思う?」

そして孝太郎に話しかけられた瞬間《しゅんかん》、グリーンの表情も普段のそれに戻った。クリムゾンの件で慌てはしたが、状況はよく分かっていた。

「グレバナスの?　それ以外の?」

「両方だ」

孝太郎は、旧ヴァンダリオン派の空中分解を防いだのが奪還論である以上、確率がどうあれ情報が必要だと考えていた。それが推測を含《ふく》むものであっても、だ。

「そうね……まずグレバナスの方だけど、基本的にネイビーの言った事に同意するわ。最新の予知では、襲撃の確率は微妙《びみょう》に変動しながらそのあたりをフラフラしてる」

真希の予想だけでなく、グリーンの未来予知でも旧ヴァンダリオン派の襲撃の可能性は低いと予想されていた。未来予知は確率が高い程はっきりとした像が見えるが、襲撃の予知はどれもぼんやりとした像ばかりだ。そこから考えると、グリーンには真希が言った十に一つというのは妥当《だとう》に感じられていた。

「それとこの場所が襲撃される可能性は殆ど無いと思うわ。攻撃にしろ、テレポートやなにかの魔法にしろ、今の時点でこの場所が調査の対象になっていないと移送の開始に間に合わないと思うから」

「なるほど……」

「ただし相手がグレバナスである以上は、安心は出来ないわね。あえて初動では魔法を使わない場合もあるでしょうし」

グリーンは油断していなかった。相手がグレバナスであるなら、魔法で警戒《けいかい》されている事は想定しているだろう。グレバナスはフォルトーゼで魔法を使って激しく戦争が行われていた時代の人間なので、その辺りの経験と技術の蓄積《ちくせき》は現代の魔法使いを上回っていてもおかしくはないのだ。

「さしずめ警戒されている俊足《しゅんそく》ランナーの盗塁《とうるい》と、警戒されていない普通《ふつう》のランナーの盗塁ってとこか。……あえて通常兵力のみってのも、有り得ない話じゃないな」

「更《さら》に言うと、例のもう一人の襲撃者《しゅうげきしゃ》の可能性も有る訳でしょう？　予知が安定しない理由はそっちかもしれないのよ」

そして更に予知を混乱させるのがファスタの存在だった。未来予知が安定するのは受け身の時点までだ。つまり敵の初動は読み易《やす》い訳なのだが、ファスタが先に行動を開始していると、孝太郎側と旧ヴァンダリオン派の双方が行動を変えてしまい、受け身の状態が崩《くず》れている可能性があった。だから予知が読み難くなり、確率が十に一つのように見えてしまう場合が考えられた。

「つまり本当に襲撃の可能性が十パーセントである訳ではなく、似ていない未来が沢山出来てしまっている場合があるって事だな？」

「そういう事になるわね。………ご期待に沿えなくて申し訳ないわ」

グリーンは肩を竦《すく》める。彼女《かのじょ》の出した結論は、グレバナスがどう出るかは分からないというものだった。現時点でこの病院は魔法による調査を受けていない事だけは確実、というくらいしか情報が得られていない。相手が巧《たく》みだし、加えて第二の敵も居る。グリーンにこれ以上の要求をするのは酷《こく》というものだろう。だから孝太郎は大きく頷《うなず》いた。

「いや、参考になった。………それで、もう一人の襲撃者の方は？」

「そっちははっきりとしている事があるわ。この場所での襲撃はない」

「断言できるほど可能性が低いって事か？」

「ええ。どの未来でも共通して、少数での攻撃が示唆《しさ》されている。だからこの病院への攻撃は例外的な状況に限られているみたいね。特殊《とくしゅ》な天候だったり、事故だったり、旧ヴァンダリオン派の動き出しが早かったり、というような。逆に言うと、何かが起こっていないと来ない。慎重《しんちょう》な奴ね」

ファスタがこの病院を襲《おそ》うなら、その前に陽動として機能する何かが起こる。慎重な彼女はそれなしに強攻《きょうこう》はしないのだ。恐《おそ》らくラルグウィンの傷を心配しての事だろう。

「だから病院での襲撃はないと思われるが、襲撃がこの病院の外になると選択肢《せんたくし》が多過ぎて予知が通用しなくなるよな」

「ええ。ここから先の事は貴方《あなた》の所の悪魔《あくま》に訊いた方が良いわね」

「悪魔？」

「一匹《いっぴき》飼ってるでしょ？　魔法の未来予知よりも、正確に未来が分かる悪魔」

グリーンは若干《じゃっかん》腹立たしそうだった。彼女が言う悪魔は、絶対の自信があった未来予知を打ち砕《くだ》いた相手なので、正直嫌《きら》いなのだ。

「……ああ、キリハさんの事か」

そんなグリーンの口ぶりで孝太郎にも分かった。悪魔とはキリハの事だった。まだダークネスレインボゥと敵対していた頃《ころ》、キリハは未来予知を逆手にとって彼女らを倒した事があったのだ。

「あんなバケモノ、何処で捕《つか》まえたの?」

グリーンは呆《あき》れたようにそう言った。グリーンには、キリハは誰《だれ》かの下に付く必要がないタイプに思える。それが何故《なぜ》孝太郎の参謀《さんぼう》に収まっているのか、グリーンには不思議でならなかった。

「家に居たら、襲って来た」

「襲ってきただぁ!? あれがぁ!? ………あなた、よく生き残っているわね?」

グリーンは驚《おどろ》いた拍子《ひょうし》にずれてしまった眼鏡の位置を直しながら、感心した様子で孝太郎を見る。

「俺もそう思う」

孝太郎と少女達は当初、敵対していた。キリハはその中では比較的《ひかくてき》平和主義だったものの、それでも非常に危険な人物だった。最終的に彼女が身内の暴走を抑《おさ》える為《ため》に戦うフリをしていた事が分かった訳なのだが、その時の孝太郎は嬉しかったのと同じくらい、安堵《あんど》したものだった。

「よし、俺もそろそろ持ち場に戻る。とりあえずここは頼《たの》むぞ、宮廷魔術師団」

話題が途切《とぎ》れたのを見計らい、孝太郎はこの場を去る事に決めた。そんな孝太郎を、グリーンがじっと見つめていた。そして彼女はポツリと呟《つぶや》く。

「………不思議だわ」

「何がだ?」

出口に向かって歩き始めていた孝太郎だが、グリーンの呟きに気付いて足を止めた。

「私達が………よく生き残っているなぁと。あの悪魔だけじゃなくて、私達も貴方を襲ったのよ?」

孝太郎とキリハもそうだが、孝太郎と宮廷魔術師団――ダークネスレインボゥも当初は敵対していた。しかもキリハとは違《ちが》って直接的な敵だった。なのに今は孝太郎と一緒《いっしょ》に戦っている。だからグリーンは宮廷魔術師団がキリハ以上に不思議な状況にいると気付いたのだ。

「………みんな無事で良かった」

少し考えた後、孝太郎はそう言って頷いた。彼女らと戦い続けた場合より、ずっと良い結末のように感じられた。

「貴方おかしいわ! 私達に何も思わないの⁉ 命を狙ったのよ⁉」

グリーンは信じられないようなモノを見るかのような眼差《まなざ》しで孝太郎を見る。

「全然何も思わないという訳ではないが――」

無論、孝太郎も何も感じないという訳ではない。流石にそこは孝太郎も人間だった。

「だったら！」

「――それでも、お前らはエゥレクシスの友達なんだろう？」

だがそれを上回る、大事な事があった。だから孝太郎は彼女達《かのじょたち》に何も言わないのだ。

「えっ？　え、ええ……」

エゥレクシスと宮廷魔術師団《きゅうていまじゅつしだん》の関係。味方？　そう。取引相手？　違う。利害関係？　それも違う。仲間？　これはきっとそうだ。一緒に居て楽しい？　これも、そうだ。ならばそれは友達なのではないか――だからグリーンは戸惑《とまど》いつつも頷いていた。

「じゃあ、やっぱり……無事で良かった」

孝太郎はエゥレクシスに対しても文句があった。大事なものを奪《うば》おうとした男なのだ。だがそんなエゥレクシスも時間と共に少しずつ変化した。当初のエゥレクシスの目的は帝政《ていせい》の打破だったが、最終的に真耶《まや》とダークネスレインボゥの少女達の為に戦っていた。彼は友達がフォルトーゼへの帰還を望んでいるから戦い続けたのだ。エゥレクシスには褒《ほ》められない部分も多かったが、その点だけは孝太郎は否定する気にはならなかった。

『孝太郎、何してんの！　行くよー！』

「悪い、今行く！　………また後でな」

早苗に呼ばれた事で、孝太郎は宮廷魔術師団に短く別れを告げると、足早に去っていった。やはり多忙《たぼう》な孝太郎だった。

「………変な奴」

グリーンはポツリとそう呟きながら、孝太郎の背中を見送った。相変わらず不思議なものを見るような眼差しだったが、何処《どこ》となく優《やさ》しげな印象があった。

「ん〜〜、やっぱり男の子は何を考えてるのか全っ然分っかんないな〜〜〜。ぼっちゃまとおんなじ」

オレンジは首を傾《かし》げていた。しかし彼女も表情は明るい。

「でも、あのナナがご執心《しゅうしん》の理由は分かった気がするわ」

ブルーは相変わらずの無表情だったが、そもそも無口な彼女が口を開く時点で、ある程度好意的だと言える。やはりエゥレクシスは彼女達にとって重要な人間なのだ。

「本当なの、ブルー？　あのナナが？」

ブルーの暴露《ばくろ》に、パープルが思わず目を見張る。精神年齢《ねんれい》が最も高いパープルだが、やはりかつての宿敵の話には興味があった。ブルーは無言で頷いた。

「………」

「らしいよ～、こないだキッズに見えない低身長コーデ訊きに来たもん」

　頷いただけのブルーに代わって、オレンジが説明を引き継《つ》ぐ。実は先日仕事で彼女達を訪《おとず》れたナナが、ついでにオレンジにファッションやメイクの相談をしていったのだ。オレンジは宮廷魔術師団では一番若いが、その手の話題には一番強かった。

「この状況で地球のファッションの話なら、それ以外ないわね」

　近くで話を聞いていたイエローはそう言って優しげに目を細めた。自分達がエゥレクシスと真耶に拘《こだわ》る以上、ナナが孝太郎に拘るのも不思議ではない。もっともナナの場合は、彼女達よりももう一歩踏み込んだ感情であるようだったが。

「あの孤高《ここう》の戦闘《せんとう》マシーンがねぇ………でもそうか、そりゃあそうだよな。本当に戦闘マシーンの訳が無いんだから………」

　クリムゾンも最近自覚し始めていた。自分がただの戦闘マシーンではないという事を。だからナナもそうであってもおかしくはないと感じていた。

「そういう事をクリムちゃんが言うと、ホントにそれっぽく聞こえるよね」

「うるさい。私も少しは考えるようになったんだから」

「分かるよ。私もね、最近はちょっとは考えるもん」

「………ああ、そうだよな」

彼女達はやはり、心のどこかで求めている。
ずっと消えたままの仲間、エゥレクシスと真耶の事を。

敵がどの場所で攻撃して来るかが分からないので、孝太郎達は要所に皇国軍を配置しつつ、自分達はネフィルフォランの宇宙戦艦《せんかん》である『葉隠《はがくれ》』や、強襲《きょうしゅう》用の艦艇《かんてい》で移送用の車両の上空に待機する形を取った。万全《ばんぜん》とは言えなかったが、これが一番早く多くの状況に対応出来る配置だった。

「………キリハさんならどこで攻撃する？」

孝太郎が三次元モニター越《ご》しに見守る中、ラルグウィンを乗せた移送用の車両が走り出した。車両は病院の前のロータリーを半周回って、車道に出て行く。移送用の車両には四輪の自動車が選ばれた。重装甲《そうこう》の軍用車両で、短時間ならホバー走行も可能な特別製だ。空を飛ぶと周囲三六〇度の警戒が必要になる。また飛ぶ機体は装甲も薄《うす》くなりがちだ。ラルグウィンの安全を考慮《こうりょ》して、地上用の車両が選ばれていた。

「ふむ、ビルに囲まれた交差点やトンネル全般《ぜんぱん》が狙い易いだろう。基本的に援軍《えんぐん》の戦闘用車両や艦艇が近付きにくい場所を選びたい」

「……一つや二つじゃないな」

病院から隔離施設までは二十数キロの距離《きょり》がある。病院は皇都フォルノーンの中心部にあり、隔離施設は郊外《こうがい》にあるのだ。本当なら空間歪曲《わいきょく》技術を使った転送ゲートで一瞬《いっしゅん》で移送を終わらせたい距離だが、こうした状況《じょうきょう》ではゲートを作動させた時に生じる重力波を目印に妨害《ぼうがい》装置が作動させられるのが常だ。病院の周辺にはまず間違《まちが》いなく妨害装置が設置されているだろう。お互《たが》いに準備期間がある状況では、特定の人物の移動には使い難《にく》いのが転送ゲート技術の欠点だった。そんな訳で移送は乗り物を使って行われている。だが乗り物には乗り物の欠点がある。飛行機ならどこからでも狙われるし、車両なら道を使って移動しなければならない。攻撃のタイミングが幾らでもあるのが欠点だった。

「だからこうするしかない訳なのだ」

「五台同時に襲うのは大変だもんな」

そこでキリハが考えたのが、偽《にせ》の車両を四台用意するというものだった。そして全部で五台の車両を、別の道を使って隔離施設へ向かわせる。ラルグウィンがどれに乗っているのかは少数の人間しか知らないし、それを決めるのも出発の直前だ。シンプルな策ではあるが、それだけに非常に効果的だった。

「ファスタさんかグレバナスか、でも変わってくるか」

恐らくこの五台の車両による撹乱《かくらん》は、ファスタの方が影響が大きいだろう。旧ヴァンダリオン派の方は五ヶ所全てに兵を送れるだけの兵力があった。

「予想される全ての状況に、完璧《かんぺき》に対応するのは不可能だ」

「やれやれ、厄介《やっかい》じゃな……」

ティアの表情も渋《しぶ》い。場所もタイミングも無数に存在する状況で、敵の攻撃を防がねばならない。これは非常に厄介な問題だと言える。唯一《ゆいいつ》の救いは敵の目的がラルグウィンの奪取《だっしゅ》であって、暗殺ではないという点だろう。ラルグウィンの傷に響《ひび》きそうな強引《ごういん》な攻撃は出来ないから、市街地への被害《ひがい》は少なくなる筈だった。

車列の出発から数分間は何事もなく過ぎていった。市街地から郊外へ向かって二十数キロ走る訳なので、時間は三十分以上かかる。市街地は交通量が多く、車両はスピードが出せない。もうしばらくは市街地が続く予定だった。

「……ふぅ……」

ここで、これまでずっと三次元モニターを睨《にら》み付けていたキリハが大きく溜《た》め息《いき》をついた。近くに居た孝太郎が気付いて彼女に目を向ける。

「どうしたんだい、キリハさん？」

「実は今、最初の危険地帯を抜《ぬ》けたところなのだ」

「危険地帯？」

「うむ。複数の車両が同時に襲い易い地点に差し掛《か》かる事があってな」

キリハは小さく苦笑《くしょう》する。道路や信号機、地形や建物の配置には規則性はない。単純に必要に迫《せま》られて配置されてきたものばかりなのだ。だからどうしても複数の車両が同時にトンネルに入ったりして、攻撃に適したタイミングが生じてしまう事が避《さ》けられない。もちろんなるべくそうならないように経路を決めてはいる。だがそれでも全くのゼロには出来ず、何度かそういう状況が生じてしまっているのだ。

「流石《さすが》にそれは仕方がないな」

移送車両の数が二、三台なら完全にそうしたタイミングを避ける事も出来ただろう。だが五台となれば簡単ではない。ダミーで狙いを分散した事が、この事に関してはマイナスに働いているのだ。もちろん狙いを分散させる効果はあるので、差し引きでプラスになっているのは間違いない。それでも悩ましいのは確かだった。

「何事もなく済んでくれると良いのだが……」

「望みは薄いな。旧ヴァンダリオン派はともかく、ファスタさんはこのタイミングで来るしかないからな」

重犯罪者用の隔離施設《かくりしせつ》への移送が済んでしまうと、ファスタがラルグウィンを奪還《だっかん》する見込《みこ》みはほぼなくなる。早苗やゆりかのような一部の例外はあるものの、映画でしばしば見るような監獄《かんごく》へ潜入《せんにゅう》しての奪還作戦は、極めて困難だと言える。それに比べると移送中に勝負に出る方がずっと可能性は高い。だからファスタは来る。この先の数十分間のどこかで、必ず。孝太郎達はそれを確信していた。

そのファスタもこの状況に手を出しあぐねていた。その理由はやはりキリハの講じた対策だった。

「五台か……こちらの数が少ない事を見越《みこ》しての、良い手だな」

ファスタは現在、病院と隔離施設の間にあるビルの一室に潜《ひそ》んでいる。彼女はそこで送られて来る情報の分析にあたっていた。

「そもそもグレバナスの襲撃《しゅうげき》は対策が難しいから、基本的に私への対策になるのは当然ではあるな………」

十分な兵力がある旧ヴァンダリオン派の襲撃は、あるとしてもタイミングが読めない。そもそも今日である必要すらないのだ。それに対してファスタは今日襲撃を決行しなければならない状況だ。だから皇国軍側は通常の防御態勢《ぼうぎょ》に加えて、ファスタ対策で五台の車両で撹乱《かくらん》作戦に出た。兵力が乏《とぼ》しい彼女には五台同時の襲撃は難しい。手を出しあぐねていれば何も出来ずに終わるので、厄介な状況だと言えた。

「………こちらも腹を括《くく》らねばならんな………」

ファスタも十分な準備を行ってこの日に臨《のぞ》んでいた。今五台の車両を全て追跡《ついせき》出来ているのがその証拠《しょうこ》だ。病院と隔離施設の場所は分かっているので、そこを繋《つな》ぐ道に監視網《かんしもう》を張り巡《めぐ》らせてあったのだ。固定式の監視《かんし》装置と、ステルス型の小型無人戦闘機《せんとうき》が上空から目を光らせている。そしてもちろん襲撃の為の仕掛《しか》けも十分に用意されていた。

「………」

ファスタの視線がモニターの横に置かれた拳大《こぶしだい》の装置に向けられる。それは彼女が事前に準備した仕掛けを作動させる為のリモートコントローラーだった。

――あまり使いたくはなかったが……。

ファスタには十分な兵力がない。だから兵力を補う仕掛けが用意してあった。それは無人機や自動兵器を使った、自動的に攻撃を行う仕掛けだ。それが車両の進路上に幾つか用意されていた。だが彼女にはその使用に躊躇《ためら》いがあった。僅《わず》かながら市民に犠牲《ぎせい》が出てしまう可能性があったから。そうならないように工夫《くふう》してはいたが、それでも万全とは言えない。だがこの状況では使わねばラルグウィンの奪還は困難だった。

「………しかし………」

リモートコントローラーに向けて伸《の》ばした手が、その直前で止まる。

『ファスタさん、出来ればもう悪い事はしないでね？』

彼女の耳の中で静香《しずか》の言葉が木霊《こだま》する。それは別《わか》れ際に静香が口にした言葉だった。それに対してファスタはこう答えた。

『その約束は出来ない。脱獄《だつごく》の幇助《ほうじょ》は、いずれ必ずやる事になるからな』

すると静香はその瞳に涙《なみだ》を溜めて怒《おこ》った。

『馬鹿っ！　それは悪い事のうちには入らないわよっ！』

静香の二つの言葉を合わせると、こういう意味になるだろう。ラルグウィンの奪還は構わないが、その為に邪悪《じゃあく》な手段は用いるな、と。

――――それは難しい注文だな、シズカ………。

覚悟《かくご》をして旧ヴァンダリオン派を抜けた筈だった。どんな事をしてもラルグウィンを救うのだと。それが恩返しであり、仲間への義理でもあった。しかし今、ファスタの中でその覚悟が揺《ゆ》らいでいた。

『ポイントB一三、C二二、F〇八、H九七にターゲットが接近。攻撃が可能です』

「っ⁉」

そんな時、ファスタのコンピューターが警告を発した。それを聞いたファスタは弾《はじ》かれたように三次元モニターを見た。するとモニターには四つの監視装置からの映像が表示されており、移送用の車両を含む車列が、ファスタの想定していた攻撃ポイントに接近しつつあった。攻撃を仕掛ければ、移送用車両を守る兵士達の反応でラルグウィンが乗っているかどうかが分かる。仮にこの四台に乗っていなくても、残るは一台。そこまで絞《しぼ》られれば、ファスタが一人で攻撃してもいいだろう。攻撃をするべきだ――――ファスタの中の軍人の部分がそう叫《さけ》んでいた。

「攻撃――――」

そしてファスタはリモートコントローラーを手に取り、コンピューターに対して作戦開始の命令をすべく口を開いた。だが、命令は最後まで発せられなかった。

『命令が不明瞭《ふめいりょう》です』

「――攻撃はしない。引き続き監視を続けろ」

『命令を了解《りょうかい》。監視を続行します』

「…………」

ファスタは三次元モニターに表示されている攻撃ポイントを見つめていた。とりわけそこを行き交《か》う人々の姿を。ファスタは攻撃ポイントの周辺に民間人の姿が少なくない事に気付いて、実行しなかったのだ。

――民間人に犠牲が出れば…………。

ファスタの脳裏《のうり》には孝太郎達《たち》が悲しむ顔が浮かんでいた。それが彼女に実行を躊躇わせた。それはもしかしたら、ファスタの中で新たに芽生えた、孝太郎達への仲間意識だったのかもしれない。

――落ち着け、大丈夫《だいじょうぶ》だ。機会はまだある。作戦的にも正しい。あの位置で助け出したとしても、混乱する街からラルグウィン様を連れ出すのは困難だ…………。

ファスタは焦《あせ》る自分を必死に抑え込もうとする。気持ちや実際の効果はどうあれ、最高の機会を失ったのは事実だ。機会自体はまだあるだろうが、四台以上同時に攻撃出来る最高の機会が、もう一度やってくる可能性は殆《ほとん》ど無い。それはラルグウィン――元々の仲間の危機を意味する。焦る気持ちはなかなか拭《ぬぐ》えなかった。

ピー

『アラートメッセージ。上空から接近する複数の戦闘用艦艇を感知』

「なんだと!?」

『熱源反応！　対地攻撃に注意して下さい！』

「グレバナス、貴様ぁっ!?」

攻撃を躊躇《ちゅうちょ》した結果、ファスタは出遅《でおく》れる事となった。先手を取ったのは旧ヴァンダリオン派。グレバナスに率いられた彼《かれ》らは、犠牲など気にしなかった。

実はファスタだけでなく、グレバナスも焦っていた。彼は旧ヴァンダリオン派の主導権を得たのだが、それはあくまでラルグウィンの奪還という共通の目的があるからこそ成《な》し遂《と》げられた。当然早期の実行を求める声は大きく、奪還作戦を急がなければならなくなった。そうしなければ寄り合い所帯である旧ヴァンダリオン派は空中分解する。本来ならラルグウィンの回復を待ちたかったグレバナスなので、これは非常に厄介な状況に追い込まれたと言えるだろう。

「グレバナス様、移送用の車両が四台同時に攻撃し易い位置に入ります！」

『すぐに五台全てに攻撃を開始しなさい！　何としても、ラルグウィンを取り戻《もど》すのです！』

「了解、全軍に通達します！」

だからファスタと同じ情報を得た瞬間、グレバナスは攻撃を命じた。彼にはファスタのような躊躇いはなかった。

「兵員輸送戦闘艇《せんとうてい》と護衛の戦闘機隊が出撃《しゅつげき》！」

『敵の救援《きゅうえん》を絶ちます。対地砲撃《ほうげき》をしてください』

「しかしグレバナス様、市街地への対地砲撃は銀河条約に違反《いはん》します！」

『艦長《かんちょう》、ラルグウィンを助けたくはないのですか⁉』

「もちろん助けたい！　ですが対地砲撃では市民に――」

『そもそも我らは皇家に弓を引いた身‼　今更《いまさら》銀河条約が何だというのです⁉』

「……分かりました……」

その第一手は対地砲撃だった。これは味方が移送用車両に近付いた段階でその周囲を砲撃し、皇国軍の援軍を近付けないようにする為だ。もちろん市街地への砲撃はフォルトーゼでは許されていない。古い時代から受け継がれてきた銀河条約の交戦規定で禁じられているのだ。今は旧ヴァンダリオン派に所属していても、元々は皇国軍であった兵士達はグレバナスの命令には疑問があった。だが最終的には従った。彼らにとってもラルグウィンの奪還は必要な事だったし、既《すで》に反逆者の身であるという指摘《してき》も的を射ていた。

「揚陸艇《ようりくてい》が移送用車両に接近。砲撃を開始します！」

交差点に停車中やトンネルの中など、攻撃し易い地点にいる車両は四台。五台目は普通に道路を走行している。だがグレバナスはその五台全てを同時に襲撃するよう命じた。

『さあどう来るかな、青騎士《あおきし》君！　果たして二千年前と同じく守り切れるかな!?　かつてとは違って条件は五分と五分だがね!!』

そしてグレバナスは襲撃に合わせて砲撃を開始させた。グレバナスの乗艦《じょうかん》が撃《う》ち出したビームの白い輝《かがや》きは、不死者と化した彼の醜悪《しゅうあく》な顔をくっきりと照らし出した。

フォルノーンの上空に所属不明の戦闘用艦艇が八隻《せき》出現した瞬間、『葉隠』のブリッジは騒然《そうぜん》となった。旧ヴァンダリオン派がこのタイミングで襲撃してくる可能性は低いと考えられていたので、兵士達は動揺《どうよう》していた。孝太郎達は動揺とまではいかなかったが、それでも驚きはあった。例外は一人きり。それは指揮官の為の席に座《すわ》るキリハだった。

「やはりこのタイミングで来たか！　空間歪曲場緊急《きんきゅう》展開！　対地砲撃をさせるな！」

「了解、空間歪曲場を緊急展開！」

キリハが命令を下すと、オペレーター席のルースは地上に設置されている五基の空間歪曲場発生装置を作動させた。その歪曲場は高出力のもので、本来は宇宙戦艦のビームを防ぐ為のものだ。グレバナス達が乗っている艦艇は大気圏《たいきけん》内での戦闘をする為のものだったので、大きさも攻撃力《こうげきりょく》も宇宙戦艦には遠く及《およ》ばない。発生した歪曲場は見事にグレバナスの対地砲撃を跳《は》ね返した。

「航空戦力は上空に残った三隻を攻撃！　これ以上対地攻撃をさせるな！」

『俺《おれ》も出る！　地上は任せろ！』

「気を付けろ、孝太郎。恐らくグレバナスも今回は本気で来る」

『分かってる！　奴《やつ》の事は良く知ってるからな！』

キリハは航空部隊を前進させ、対地砲撃を行った三隻の敵艦《てきかん》の排除《はいじょ》を試みる。同時に孝太郎率いる地上部隊がラルグウィンのもとへ向かう。グレバナスの目的はラルグウィンの奪還だ。恐らくはそこで激しい戦いになる筈《はず》だった。

「重力波のジャミングを開始！　敵の後続を断《た》て！」

続いてキリハは重力波の妨害を命じる。空間歪曲航法は重力波を利用している技術なので、乱されると使用できない。

「重力波ジャマーを起動しました！　しかしジャミングが始まる前に宇宙戦艦が一隻ワープアウトしてくる模様！」

だが敵もこの状況は読んでいたようで、妨害が作動する直前に皇都フォルノーンの上空に宇宙戦艦が一隻出現した。

「この艦《かん》の空間歪曲航法のタイミングに合わせて攻撃を開始したのか……やはり油断ならない相手だ」

キリハは改めて気を引き締《し》める。敵は宇宙戦艦のワープの出現のタイミングを基準にして攻撃を開始している。だからジャミングが間に合わなかったのだ。これは一見巧妙《こうみょう》に見える作戦だが、イレギュラーな事態があっても引き返せない一本道だ。ワープは巻き戻せないからだ。つまり敵には不退転の覚悟がある。どれだけ犠牲を強《し》いてもラルグウィンを奪還しようと考えているのだ。この事からしても、相手は恐らくグレバナスだ。彼にはそうするだけの動機があった。悪い意味での覚悟があるのだ。実際、首都の上空に宇宙戦艦を入れ、あまつさえ対地砲撃も行っている。そして彼は大魔《ま》法使《ほうつか》いで、多くの戦歴を重ねてきた。キリハが少しでも気を抜けば、あっけなく盤面《ばんめん》は引っくり返されるだろう。細心の注意が必要だった。

「そうは言ってもキリハよ、そなたはよくグレバナスがこのタイミングで攻撃すると読んでおったのう……よっと」

ティアは状況を鑑《かんが》みて、ブリッジに幾つかある砲手席《ほうしゅ》の一つに飛び込《こ》んだ。ティアはこのまま『葉隠』に残り、出現した敵の宇宙戦艦と戦うつもりだった。地上部隊を守り、皇都フォルノーンの被害を防ぐには『葉隠』の火力が必要だった。

「どちらかというと、このタイミングを読んだというよりも、このタイミングに誘《さそ》ったという方が正しい」

病院から隔離施設までは大半が市街地であり、多少の差はあれ何処にでも多くの人間が住んでいる。この状況で被害を最小にするには、強固な防御態勢が敷《し》かれた場所へ攻撃を誘導《ゆうどう》するしかない。その為に選んだのがこの場所だった。

「どういう事じゃ？」

「連中がこの場所で攻撃してくるようにわざと隙《すき》を作った。五台でこのルートだと、このタイミングで四台が攻撃し易くなる瞬間が出来上がる」

この場所でこの時間に攻撃して欲《ほ》しいと願うだけでは、グレバナスは来ない。襲い易い環境《かんきょう》を作ってやる必要があった。だからキリハは複数台の移送用車両が無防備になる瞬間を用意した。移送ルートは当日まで伏《ふ》せられているので、グレバナス側がその場所とタイミングを知るのは車両が走り出した後になる。しかも皇都は広い。だから事前に皇国軍が防御用の装置を運《はこ》び込んでいても、不発弾《ふはつだん》処理と称《しょう》して住民の多くを避難《ひなん》させていても、グレバナス達が移送用車両の出発から実際に通るまでの僅かな時間ではその罠《わな》に気付く事は出来なかった。

「だが五台全てに隙を作ると、いかにも怪《あや》しい。そこで隙を作るのは四台に限った。グレバナスの場合は隙があるのは四台であっても、五台全てを強攻出来る兵力があるので、その方が引っ掛かり易いだろうと踏《ふ》んだのだ」

キリハは念には念を入れ、五台全てに隙が出来るタイミングは用意しなかった。そこまでやってしまうと流石にグレバナスに悟《さと》られるかもしれないという危惧《きぐ》があったからだ。そして実際、グレバナスはキリハの予想通りに行動した。これはグレバナスの現代戦に対する知見がやや不足している事に起因している。もしラルグウィンが一緒だったなら、こうはならなかっただろう。そのラルグウィンを救出しなければいけない状況であり、焦りもあった。その辺りの事情まで冷静に読み切ったキリハの作戦勝ちだった。

「………そ、そなたが味方で良かった………」

ティアは呆れて開いた口が塞《ふさ》がらなかった。これは通信機越しに話を聞いていた孝太郎も同感だった。

『……ちなみに、さっきグリーンはキリハさんを悪魔だって言っていたが……気持ちは分からなくはないな……』

「心外だ。こんなに汝《なんじ》に尽《つ》くしているのに」

『俺達《おれたち》にとって天使でもな、敵にとっては悪魔なんだよ』

キリハは孝太郎達を愛している。だから日々その愛を注ぐ。際限なくだ。だがその分だけ、彼女は孝太郎達と敵対した者には厳しい。犠牲を多くしようなどとは考えないが、毎回立ち直れない程《ほど》の差を見せ付けて叩《たた》きのめす。これまでの事を思えば、キリハは旧ヴァンダリオン派にとって悪魔以外の何者でもないだろう。決して姿を見《み》せず、しかし心を見透《す》かし操《あやつ》ってくる、恐るべき悪魔だった。

「とはいえ綱渡《つなわた》りではあった。グレバナスが襲撃して来ない分には良いが、逆に攻《せ》め急いで四台の隙を待たない可能性もあった。正直、ここまでは生きた心地《ここち》がしなかった」

他の場所で戦いが起こった場合、大量の死者が出た可能性があった。移送車両が出発した数分後に、隙が三台に生じるタイミングがあったのだが、その時のキリハは本当に生きた心地がしなかった。グレバナスがきちんと四台に隙が出来るタイミングを選んでくれたのは幸いだった。

「そなたにまた借りが出来たようじゃな。じゃがこの先はのんびりしておれ。ここからは我らの出番じゃ！」

ティアがニヤリと口元を歪《ゆが》める。生きた心地がしなかったのはティアも同じだ。その仕返しの時がやってきたので、彼女の気持ちは逸《はや》っていた。

『ティア、やる気なのは結構だが、へマして戦艦を街に落とすなよ？』

「分かっておる！　そなたの主君を信じよ！」

『仰《おお》せのままに、マイプリンセス』

「では参る！」

言うが早いか、ティアは砲門《ほうもん》を解放してビームとレーザーによる砲撃を開始した。目標はもちろん敵戦艦だ。さしあたっての狙《ねら》いは、敵戦艦が防御に使っている空間歪曲場に負《ふ》荷《か》をかける事だった。そうすれば攻撃の為にエネルギーを割《さ》く事が出来なくなり、攻撃の手段が限られるようになるのだった。


ティアが砲撃を開始した頃、孝太郎達も地上へ降り立っていた。その目的はもちろんラルグウィンを守る事だ。孝太郎達はラルグウィンが乗っている車両に多く人員を振《ふ》り分けている。他の場所は足止めで構わないので、ネフィルフォラン連隊の兵士達が頑張《がんば》ってくれている。この場所でラルグウィンを守り切れるかどうかが勝負だった。

『……青騎士《あおきし》君、君がここへ降りて来たという事は、やはりラルグウィンはこの場所に居るのだね？』

そして孝太郎達の前にはグレバナスの姿があった。ラルグウィンを乗せた移送用の車両は交差点に差し掛かったところで停車していた。そしてその周りを護衛の兵士達が固めている。孝太郎達が到着《とうちゃく》したのは、グレバナスがまさにそこへ攻撃を仕掛けんとしていた、その時の事だった。

「惚《とぼ》けなくてもいいぞ、グレバナス。分かっているからここにいる筈だ。お前は勘《かん》で姿を見せる程、単純な奴じゃない」

『惚けてはいませんよ。君が来てくれたおかげで確信が持てたという話です。正直、安心しましたよ』

五ヶ所で攻撃を仕掛けた時点で、この場所の兵士だけ反応が違った。他の場所の兵士達は車両よりも仲間達の援護《えんご》を優先したが、この場所の兵士達だけは車両を守ろうという動きが優先されていた。それに加え、あらかじめ伏せられていた兵士の数も他の場所よりも多かった。だからグレバナスはこの場に姿を現したのだった。

「安心か……確かにお前にしては乱暴な攻めだったたな」

安心や不安などという言葉が出ないように戦うのがグレバナス流だ。その意味で言うとやはりこの攻撃は彼らしくないものだった。孝太郎のその指摘に、グレバナスはその醜悪な顔を歪めて笑った。

『空中分解を避ける為に、攻めざるを得なかったのですよ。ラルグウィンの指導力で何とかもっていた組織ですからねぇ』

「強攻《きょうこう》か空中分解か、か……マクスファーンなら他の道もあったろうがな」

『私にはマクスファーン様程のカリスマがありませんからねえ。強攻するしかなかったという訳です』

結論としては、キリハの読みは全て正しかったという事になるだろう。だが、だからこその問題もあった。

「という事は、退いてくれと頼んでも無駄《むだ》だな」

『そうなりますな。マクスファーン様の為にも、組織の空中分解を避ける為にも』

グレバナスは複数の理由で退けなくなっていた。ラルグウィンを奪還せねば、マクスファーンの復活が遠退《とおの》く。また旧ヴァンダリオン派はラルグウィン抜きでは維持《いじ》できない。

つまり旧ヴァンダリオン派を使っての二度目の奪還作戦はありえない。この戦いで勝ち切らねばならない状況だった。

「こっちにも渡《わた》せない理由がある。……結局、こういう事になるか」

ジャキッ

孝太郎は腰《こし》から白銀の剣《けん》を引き抜き、その切っ先をグレバナスに向けた。

――やはりあの剣は厄介だ……特にこの身体《からだ》には……。

グレバナスは白銀の剣――シグナルティンの刀身を見て、僅かに目を細める。現在の彼の身体は生身ではなく、死霊《しりょう》系の魔法《まほう》で動く生きる屍《しかばね》だ。ゾンビを作る魔法に比べると遥《はる》かに高度な魔法で活動しているものの、それでも魔法には変わりない。だから魔力《まりょく》を分解する力を備えているシグナルティンは彼の天敵だ。特に強い警戒《けいかい》が必要だった。

『荒事《あらごと》は苦手なのですが……仕方ありませんね』

だがそういう心の動きをおくびにも出さず、グレバナスは薄く笑って身構えた。

――やはりあの身体、気配が読み辛《づら》い……やり難い相手だ……。

この時実は、孝太郎の方もグレバナスを強く警戒していた。ゾンビやスケルトンにも共通する話なのだが、死体を魔力で動かしているタイプの不死者は身体に殆ど霊力《れいりょく》が通っておらず、霊視《れいし》でその行動を先読みする事が難しい。グレバナスもそうで、孝太郎には彼の次の行動や狙いが分からない状態にあった。早苗のように霊力を完璧にコントロール出来る人間の次にやり難い相手だった。

「サンサーラ分隊、前に出るぞ！　グレバナス様に敵を近付けるな！」

そしてグレバナスを更《さら》に手強《てごわ》くしているのが、女性の隊長に率いられた兵士の一団だった。彼女達は孝太郎とグレバナスの間に立ち、壁《かべ》を作っている。つまり彼らを排除しない事にはグレバナスは斬《き》れないという事なのだ。

――自分の弱点が分かっていて放置する筈もなし、か……。

孝太郎は内心で舌打ちする。シグナルティンはグレバナスの身体を分解出来るかもしれないが、兵士達はそうではない。連携《れんけい》して立ち向かって来るとなると非常に厄介だ。魔法使いと近代化した兵士の共闘《きょうとう》、そういう戦い方が強いのは、既にゆりかとネフィルフォラン隊が実証していた。そんな孝太郎の隣《となり》にネフィルフォランが歩み出る。

「ベルトリオン卿《きょう》、あっちがそのつもりなら、こっちもそうするまでです」

ネフィルフォランはそう言いながら愛用の大槍《おおやり》を構える。大型の槍を振り回す必要があるので、彼女《かのじょ》の構えは非常に大きい。敵を圧する迫力《はくりょく》があった。ネフィルフォランは昨年の内乱では出遅れた事もあり、我こそが青騎士《あおきし》の一番槍だと、気持ちを昂《たかぶ》らせていた。

「連隊長、いつもより少し顔が怖《こわ》いですよ、落ち着いて」

ネフィルフォランは少し前のめりになり過ぎている――それに気付いたナナがネフィルフォランに声を掛けた。幼い少女のような見た目でも、ナナの戦闘経験はネフィルフォランよりも遥かに多い。ナナは今も油断なく戦場全体を見渡《みわた》していた。

「済まない副長。だがあれがグレバナスである以上、我ら皇族は戦わざるを得ない」

「その顔で戦うならお手伝いします。いいわね、みんな？」

幸いな事にネフィルフォランはナナの一言で自制心を取り戻したようだった。それを感じ取ったナナは、部下の兵士達《たち》に発破をかけた。

『ウオォォォォォォォォォオッ!!』

すると兵士達は力強い咆哮《ほうこう》で応える。ネフィルフォランが青騎士《あおきし》の一番槍なら、自分達はその槍を自由に振るわせる為《ため》の盾《たて》である――兵士達はそれを強く自覚している。特に敵が伝説の大魔法使いであるなら尚更《なおさら》だ。国を簒奪《さんだつ》せんとする敵から青騎士と皇女を守る盾となる、その重大な任務に対する彼らの士気は高かった。

「フフフ、負けてられないわね、真希」

「私は彼らに負ける分には良いんだけど」

孝太郎を守っているのはネフィルフォラン隊だけではない。味方の魔法使いの中から、クリムゾンと真希が孝太郎の直衛に回っていた。元々はゆりかと真希がその役目にあたる

筈だったのだが、適性を鑑みてゆりかとクリムゾンが交代した。そのゆりかは残りの宮廷《きゆうてい》魔術師団《まじゆつし》と一緒《いっしょ》に、後方からの援護を担当する事になっていた。

「本気を出しなさい、本気を!! あんたの男を守るって話でしょう!?」

久しぶりの本気の戦闘、しかも相手は伝説の大魔法使い。クリムゾンの気持ちは激しく昂っている。それに対して真希は冷静だった。

「それは本気とは関係ないわ。あくまで前提条件よ」

「その顔……一番やる気なのは真希だったか……」

真希は日頃《ひごろ》からいざという時には孝太郎の為に命を投げ出すつもりでいた。だからこの時も気負いはない。ただし彼女は、その時が来るまでは、孝太郎の敵を排除し続けるのが仕事だと思っている。真希は孝太郎の敵の存在を許さない。その意味では確かに士気は高い。真希は極《きわ》めて危険な敵――グレバナスの存在を許すつもりはなかった。

――これは力を出し惜《お》しみする余裕《よゆう》はないな……。弱気になるなよグレバナス、ここを勝ち切らねば、マクスファーン様の再臨は果たせぬ！

そのグレバナスも表情に――干乾《ひから》びて分かり難いが確かに――強い決意を漲《みなぎ》らせていた。彼も分かっている。この戦いの勝敗に、今後の全てがかかっていると。だからグレバナスはかつてない程の決意と共に、両手でしっかりと杖《つえ》を構えた。

正直に言うと、孝太郎達は全ての戦力をラルグウィンの防衛に集中させたいというのが本音だった。だが万が一という事はあるので、晴海《はるみ》・静香・クラン・早苗ちゃんズをそれぞれの指揮官とする戦闘《せんとう》部隊が他の四台の移送車両を守っていた。厳密に言うと真希もそうした指揮官の一人だったのだが、ラルグウィンが彼女が担当する移送車両に乗る事になったので、結果的に真希は孝太郎の指揮下に入った。そして他の四人はそのままそれぞれの移送車両を襲《おそ》った旧ヴァンダリオン派の迎撃《げいげき》にあたっている。襲って来た部隊がグレバナスの部隊に合流すると困った事になるので、最低でもこの場所で足止めをする必要があったのだ。

「………どうやら里見《さとみ》君達の方も始まったみたいね」

最初にそれに気付いたのはやはり晴海だった。彼女はシグナルティンとの繋がりが強いので、孝太郎が鞘《さや》から抜いた時点でそれが伝わっていた。

――――相手がグレバナスでは小細工は不要、むしろ邪魔《じゃま》になる………魔力の最大出力を重視しつつ、インパクト時の反応速度を上げて………。

晴海は離《はな》れていてもシグナルティンを操れる。晴海は孝太郎が戦い易《やす》いように剣の能力を調整した。普段《ふだん》は敵の強さや戦闘時間を考慮《こうりょ》して、魔力に上限を定めたり、状況に応じてリアルタイムに魔力を変動させたりしている。だが相手が大魔法使いグレバナスではそれは正しい調整ではない。攻撃の命中時にフルパワーになるようにしておかないと、魔法による防御を突《つ》き破《やぶ》れないかもしれない。だからシグナルティンは力任せの設定にしておいて、足りない部分は真希やナナにカバーして貰《もら》う。相手が相手なので、晴海はこれが最善であると考えていた。

『いつもより扱《あつか》いにくくなっちゃいましたけど、これで頑張って、里見君！』

『いえ、助かります！』

シグナルティン越《ご》しに聞こえて来る孝太郎の声は肯定的《こうていてき》だった。孝太郎も晴海と同じ意見だった。まずは剣の突破《とっぱ》力。どう当てるかを考えるのはその後だった。

「見た通りだ！　我らが戦いの要だ！　決して退くなお前達ぃぃっ！」

『ウオオオォオォォオォオォォッ!!』

「え？」

孝太郎との話を終えた晴海は、何故《なぜ》か周囲の兵士達の士気が急激に高まっている事に気が付いた。

「あ、あれ？　どういう……」

理由が分からず、晴海は困惑《こんわく》する。そんな彼女の疑問に答えたのは、自身も興奮気味の副隊長だった。

「そのお姿を見れば、何が起きているのかは私達にも分かります。そしてハルミ様を守る事の重要性も。……大変光栄であります、ハルミ隊長」

副隊長は晴海の髪《かみ》を見ながら敬礼した。晴海の髪は少し前から銀色に輝いている。孝太郎の仲間の髪がそうなっていれば、フォルトーゼ人ならその意味は分かる。晴海が伝説の皇女と関係があるのかどうかはともかく、少なくともその役割は引き継《つ》いでいる。そして晴海がこの場所に居る意味も重要だ。晴海は間違《まちが》いなく戦力として必要だが、シグナルティンを操れるのでグレバナスに一番狙われやすい。だからここに置いて、敵の別動隊と戦って貰っている。その晴海を守る役目を与《あた》えられているという事は、兵士達にとってとても大きな意味があった。歴史と伝説を守るに等しいからだった。

「私自身は市井《しせい》の一市民なんですよ？」

「生まれは問題ではありません。今、何をしているのかが問題なのです」

「……………ならば為すべき事を為しましょう。目の前の敵を排除し、レイオス様の援護に馳《は》せ参《さん》じます」

晴海はそう言って表情を引き締めると、両手に魔力を集めて意識を集中する。このタイミングにおいては副隊長の言葉が正しかった。実態はどうあれ、晴海は孝太郎を勝たせなければならなかった。

「みんな、聞いたな？　恐《おそ》れずに戦え！　しかし無茶《むちゃ》はするな！　兵力を保ったまま、青《あお》騎士《きし》閣下の援護に回らねばならんのだからな！」

『了解！』

晴海隊は強い。晴海という明確な旗印があり、目的意識も強固だ。敵に向かう姿は勇猛《ゆうもう》果敢《かかん》で、しかも仲間との連携がしっかりしている。そんな彼らを、晴海が魔法で適宜《てきぎ》支援《しえん》していた。少女達が率いる四つの部隊に限った話ではあるが、恐らく一番強いのはこの晴海隊だ。一番戦いぶりに危なげがなかった。

部隊として一番強いのが晴海隊であるなら、最も攻撃力が高いのは静香隊になる。隊長の静香が突出《とっしゅつ》して強いので、彼女が単独で飛び込んで敵陣《てきじん》をこじ開け、そこに兵士達が雪崩《なだ》れ込んでいく形が作れるからだ。旧ヴァンダリオン派の兵士の通常装備ではこの単純極まりない突撃《とつげき》戦法を防ぐ手立てがなく、早々に壊滅《かいめつ》の危機に陥《おちい》っていた。

「ええい、あの少女は化け物か⁉　ナイフすら持っていないのだぞ⁉」

旧ヴァンダリオン派の部隊を率いる隊長は恐慌《きょうこう》状態に陥っていた。それもその筈、素手《すで》の少女が味方の兵士を薙《な》ぎ倒《たお》しながら前進して来るのだ。そして隊長と同じように動揺した兵士達は、彼女の後に続く普通《ふつう》の兵士に簡単に討《う》ち取られてしまう。問題の少女を討ち取れば簡単にこの構図は崩《くず》れるのだが、それをさせて貰えない。対戦車ライフルで彼女の頭を撃っても、痛そうにおでこを撫《な》でた後にそのまま向かって来る。そしてその事も味方に動揺を広げる材料になってしまっていた。まるでホラー映画でも見ているかのような状《じょう》況《きょう》だった。

「んー、おじさま、ここで一回火を吹《ふ》いて貰っていい？」

『火力は？』

「一番弱いのでお願い」

『承知した』

ゴアアアァァアァァァァァァッ
兵士達の混乱が最高潮に達したのは、少女が口から火炎《かえん》を吐《は》き出した時の事だった。その火炎は視界を塞ぐ派手さはあったものの、実際には燃え易い物に火を点《つ》ける程度の火力でしかなかった。だが火で焙《あぶ》られた兵士達はそうは思わなかった。事前に静香の戦闘能力を体験しているので、あの火で焼かれれば死ぬと思ってしまった。そして実際に服に火がついて逃《に》げ惑《まど》う味方を見た事で、彼らは雪崩《なだれ》を打ったように逃げ出し始めた。実際には身を伏せて転がればすぐに消えてしまう程度の小さな火だったのだが、彼らにはそんな事を考える余裕はなかった。

『……なるほど、この人の流れを作りたかったのだな』

ここで静香の肩《かた》に座っていたアルゥナイアの幻像《げんぞう》が牙《きば》を剥《む》き出しにして笑う。何故最大火力ではなかったのか、その理由を理解したのだ。

「キリハさんがやりそうな事を試《ため》してみました」

『正しい力の使い方だ。見事だシズカ』

「光栄だわ、おじさま」

やはり逃げていく人間の姿を見る事は、人間が逃げ出す大きなきっかけになる。だからちょっとした火で構わなかった。それに静香は彼らを殺したい訳ではないのだ。

――――ファスタさんの友達がいるかもしれないもんね……。

そして静香は上手《うま》くいった事に胸を撫で下ろした。そんな彼女の目の前で敵の兵士達が左右に分かれるようにして逃げていく。そうやって出来上がった道を、静香は悠然《ゆうぜん》と歩いていった。

「みんな、逃げていく人は撃たないであげて頂戴《ちょうだい》」

「了解しました！」

静香の指揮下にある兵士達は、それでもまだ向かって来る僅かな残敵を落ち着いて倒していった。この時点で静香隊の任務はほぼ完了《かんりょう》していたと言って良かった。旧ヴァンダリオン派の兵力は損耗《そんもう》こそ少ないものの、完全に戦意が折れて散り散りになってしまっている。彼らがグレバナスの救援に向かう可能性は皆無《かいむ》だった。

『………忌々《いまいま》しい奴だ』

そんな時だった。アルゥナイアが不快そうに表情を歪めた。

「どうしたの、おじさま？」

『敵が来る。グレバナスは我らの対策をきちんと用意していたようだ』

ドシンッ、ドシンッ
そしてそれは大地を大きく揺らしながら現れた。きちんと舗装《ほそう》された路上で大きな揺れを感じる程なので、その質量は相当なものだと思われた。

「………おじさま、あれって生き物？　それとも機械？」

『儂《わし》にも分からん』

ドシンッ

静香とアルゥナイアの前に姿を現したのは、巨大《きょだい》なハンマーを手にした身長二十メートルはあろうかという巨人《きょじん》だった。だがその姿は異様だ。巨人は血色が悪く、青白い肌《はだ》をしているのだが、そういう身体の至る所に金属製の機械が埋《う》め込まれている。そして埋め込まれている機械は作動中のようで、そこかしこで赤や緑の光が瞬《またた》いていた。

『……だが容易ならざる敵なのは確かだ』

「だよね」

静香はそう言って頷《うなず》くと、拳《こぶし》を握《にぎ》り締めて身構える。その表情はいつになく鋭《するど》い。この時、静香はいつになく怒《おこ》っていた。

——ここの兵士達は最初から捨《す》て駒《ごま》だったんだ……。

グレバナスは静香の——正確にはアルゥナイアの——対策を用意していた。だが静香が何処《どこ》に現れるのかは分からなかった。だから巨人を最初から何処かに配置したりはせず、まずは通常部隊だけで襲撃《しゅうげき》を行った。そして静香の姿を確認《かくにん》してから巨人を送《おく》り込んだのだ。それは戦術としては正しいのかもしれないが、結果的にファスタの事で心を痛める静香を怒らせる事になったのだった。

クランの持ち場には元々ティアがいる筈だった。だがティアは上空での戦いに回らねばならなかったので、今回はクランが地上部隊を率いる形になっていた。

『そちらに行けなくて申し訳ありませんわ』

「急な話だったので仕方がありません。それに殿下《でんか》の場合はそちらに居て頂いた方が力を発揮なさいます。無人機などの制御《せいぎょ》はそちらでお願い致《いた》します」

『分かりましたわ！　わたくしの無人機を上手く盾に使って下さいまし！』

静香の売りが攻撃力なら、クランの売りは防御力《ぼうぎょりょく》だ。クランは後方から多くの無人機を操り、部隊全体を支援《しえん》する。こうした遠隔《えんかく》操作はクランのお家芸であり、同じ機体を使っていても効果は段違《だんち が》いだった。

『揺《ゆ》り籠《かご》、プリセットは対人、補助的に対機動兵器』

『了解、無人機のプリセットを再設定。メインを対人、サブを対機動兵器』

『配置を変えますわ。制御をマニュアルにしてわたくしに回しなさい。再配置後はなるべくその形を維持するように続けて下さいまし』

『仰せのままに、マイプリンセス』

クランは重装甲《そうこう》タイプの無人機を前面に出し、兵士達の盾に使った。そして軽量高機動タイプの無人機で兵士達の死角をカバーしつつ、周囲の索敵《さくてき》を行うようにした。これにより堅《かた》い防御《ぼうぎょ》と素早《すばや》い兵力の展開が可能となり、指揮官が現場に居ないという不利を上手く補う事が出来た。

――流石《さすが》はクラリオーサ殿下。若く見えても、青騎士《あおきし》閣下と一緒に戦場に出ていた経験は伊達《だて》ではないな……。

クランはネフィルフォランとは違《ちが》って武闘派《ぶとうは》ではないが、その用兵は適切であり、兵士達が前進する為に何が必要なのかをよく分かっているようだった。おかげでネフィルフォラン隊で戦歴を積んだ副隊長が、そこに口を挟《はさ》む必要はなかった。

『パルドムシーハ、ベルトリオンはウォーロードを使っておりまして？』

『いいえ、グレバナスが相手では的になるだけだと仰《おっしゃ》って、置いて行かれました』

『ならばすぐに射出を。こっちで使いますわ』

『おやかたさまのところではなく？』

『こっちで間違いありませんわ。その為のオレンジラインですのよ』

『了解致《りょうかいいた》しました。ウォーロードⅢ改をオレンジラインで射出します』

そして極めつけはウォーロードⅢ改だった。

ゴォォォォォォ

上空の『葉隠《はがくれ》』からウォーロードⅢ改が降下して来る。そしてブースターを吹かして減速しながら、前進する兵士達を守るように着地した。ウォーロードⅢ改は本来、大規模戦闘時の孝太郎の弱点を補う為に使われる。だが今はそこに孝太郎は乗っていない。にもかかわらず、まるで孝太郎が乗っている時のように勝手に動いていた。それを可能としているのは、背面に取り付けられたオレンジ色のラインが入ったバックパックだ。このバックパックには孝太郎の代役をするＡＩや装置が内蔵されている。つまりこのバックパックを取り付けると、ウォーロードⅢ改は無人機として戦う事が出来るのだ。もちろんその性能は孝太郎が操縦した時ほどではない。だが周囲との連携だけは本来の性能以上の力を持っているので、特別な敵が出ない限りは特に問題はなかった。加えて性能とはまた別の、優《すぐ》れた特性があった。

「青騎士《あおきし》だ！　青騎士が来たぞぉぉぉ！」

「後退だ！　歪曲場《わいきょく》を強めろ！」

「ちょっと待て、青騎士はグレバナス隊の方に――――」

「言ってる場合か！　目の前にいるんだぞ！」

それは敵が孝太郎が来たと勘違《かんちが》いするという事だった。やはりフォルトーゼの人間は青騎士と敵対すると著《いちじる》しく士気が下がる。おかげでこれまで広い範囲《はんい》に展開していた旧ヴァンダリオン派の兵士達は、後退して一ヶ所に固まりつつあった。それは孝太郎に各個撃破《げきは》される事を恐れての事だった。

『後はお任せ致しますわ、副隊長』

「お任せ下さい。ここまでお膳立《ぜんだ》てして頂ければ十分です」

青騎士が乗ったウォーロードⅢ改に対する対策としては、一ヶ所に集まるのは正しい。味方の一部が攻撃されている隙に、火力を集中して倒す形を作れる。だが通常の戦闘の観点で言えば、敵が一ヶ所に固まってくれれば非常に戦い易くなる。包囲する形に持っていけるからだった。

――これは……ネフィルフォラン殿下のライバルはティア殿下だけではないな。うかうかしていればクラン殿下に先を越《こ》される……。

クランは孝太郎の影響力《えいきょうりょく》を上手く使い、戦場の様相をがらりと変化させた。それはネフィルフォランが皇帝《こうてい》になる事を望む副隊長も舌を巻くほどの見事な策略だった。

統率力《とうそつりょく》は晴海、攻撃力は静香、防御力はクランと、移送車両の護衛部隊にはそれぞれに特色がある。もちろん最後の早苗隊にも特色があった。それは何が何だか分からない、というものだった。

「じゃーねー、今度はこっちからドーン！」

「なっ、なんだっ、いきなり敵兵が湧《わ》き出してきたぞ！　これは一体何が起こっているんだ⁉」

早苗の能力は言わずと知れた霊能力《れいのうりょく》だ。彼女はそれを直接の攻撃には使わなかった。早苗は自らの力を、敵味方双方《そうほう》の犠牲《ぎせい》を最小限にする為に使っていた。

――兵隊さんが死んじゃったら、ファスタが泣くもんね……。

早苗の認識《にんしき》では、もはやファスタは敵ではなかった。だから早苗はファスタの仲間を出来るだけ傷付けたくなかった。とはいえそれを強いて味方を危険に晒《さら》す訳にはいかない。そこで早苗達《たち》は考えた。その結論が、霊能力で戦場全体をコントロールしよう、という大作戦だった。

『「早苗ちゃん」、この感じ、右から敵が来るよ』

敵の様子は幽体離脱《ゆうたいりだつ》した『早苗さん』が上から監視《かんし》していた。物陰《ものかげ》に隠《かく》れていようと、彼女の霊視能力から逃《のが》れる事は出来ない。この場所を襲撃してきた全ての敵兵力は彼女の監視下にあった。

「おーし、みんなー、こっちから来てるぞー！　回り込んでー！」

そして『早苗さん』が取得した敵の情報は『早苗ちゃん』が味方に伝えている。またその逆に味方から意見を集め、部隊全体の行動を決めていた。特に重視しているのはやはり小隊長や分隊長など、ベテラン兵士達の声だ。早苗ちゃんズは若干《じゃっかん》（？）作戦面に不安があるので、彼《かれ》らのアドバイスは有難《ありがた》かった。そうやって常時味方と情報をやり取りし続けるには多くの霊力が要《い》る。生身の身体に残った『早苗ちゃん』の仕事だった。

「次行くぞ！　必殺、早苗ちゃん大・閃・光！」

カッ
「おわあっ、なっ、なんだぁあっ⁉」

戦場の撹乱《かくらん》を担当していたのは『お姉ちゃん』だった。彼女は兵士達が決めた方針に従い、心霊《しんれい》現象を起こし続けている。元々悪戯《いたずら》が大好きな早苗なので、この仕事はとても性に合っていた。またこうして引っ掻《か》き回す事で、いわゆる戦闘らしい戦闘にならない事も気に入っていた。時折銃撃戦《じゅうげきせん》が起きてはいるのだが、今のところは怪我人《けがにん》だけで死者は出ていなかった。

「ニャッハッハッハッハッ♪　どんどんいくぞぉっ！　必殺、早苗ちゃん雪祭り！」

『……心配だなぁ……』

「ダイジョブダイジョブ、何とかなってる！　多分平気！」

『……多分かぁ……心配だなぁ……』

早苗達は皇国軍の兵士達と連携して、完璧《かんぺき》に旧ヴァンダリオン派の兵士達を抑《おさ》え込んでいた。彼らは皇国軍を捜《さが》していたがなかなか見付けられず、代わりに奇妙《きみょう》な現象が次々と襲って来ていた。仮に見付けても一方的に攻撃されて後退を余儀《よぎ》なくされる。何が起きているのかさっぱり分からない混乱状態にあった。

早苗達がこういう風に出来ているのは、戦いの規模が小さいからこそではある。もっと規模が大きければ、こんな事は出来なかっただろう。だからこそ、死者を出さずに済んでいる事は、早苗達にとっても戦う兵士達にとっても、幸運な事だろう。


戦いの情報は次々とグレバナスの所に集まってきていた。状況はそれぞれだが、四ヶ所全てに共通しているのは劣勢《れっせい》だという事だった。

――予定通りではあるが、各戦線の崩壊《ほうかい》が早い……。

初動時点ではラルグウィンの所在が分からなかったので、五台の移送用の車両には小規模な部隊で攻撃《こうげき》を仕掛《しか》けた。そのリアクションでラルグウィンの所在を特定し、グレバナスの本隊がそこへ急行した。目的がラルグウィンの奪還《だっかん》である以上、兵力の配置はこの本隊が厚くなっている。だから最初から他の四ヶ所が劣勢になるのは分かっていた。予想外だったのは、その四ヶ所の決着が思ったより早く付きそうな事だった。これはグレバナスの手を読み切って十分な兵を配置した、キリハの大金星と考えていいだろう。

「軍師の差が出たな、グレバナス！」

同じ情報は孝太郎の方にも来ている。この状況においては攻め急いで隙《すき》を作ってしまうような状況は避《さ》けねばならない。指揮下の兵士達にはラルグウィンを乗せた車両の防衛を第一に、焦《あせ》らずに戦うよう指示していた。

『確かに、二千年前の貴方《あなた》は、これほどまでの軍師は連れておられませんでしたな』

流石のグレバナスもキリハの頭脳は認めざるを得なかった。二千年前に孝太郎と対峙《たいじ》した時は、ここまでの軍師は居なかった。正確には頭脳だけなら居たのかもしれない。アライア側に付いたマクスファーンの姪《めい》、リディスなどがそうだ。だがそうした者も孝太郎達《たち》の保有する技術までは完全に把握《はあく》していなかった。孝太郎達は歴史を変えない為に積極的な情報開示を避けたので、必然の成り行きだった。だから当時の軍師とキリハの間には超《こ》えられない絶対的な差が存在していたのだ。

――それにラルグウィンの不在も響《ひび》いている……グレバナス自身が現代にはまだ不慣れなのだからな……。

グレバナスは認めないかもしれないが、現代フォルトーゼに通じたラルグウィンの助言がなくなっている事も影響《えいきょう》しているのではないか――孝太郎はこの時、そんな風に考えていた。

――その役目を灰色の騎士《きし》では満たせなかったのだろうが……はて……？

一瞬《いっしゅん》、そんな疑問が孝太郎の脳裏《のうり》を過《よぎ》る。ラルグウィンの代わりの助言なら、同じくフォルトーゼの出身と思われる灰色の騎士が出来そうなものだが、そういう事にはなっていないようだ。そこが不思議だったのだが、孝太郎はすぐにその事を心の片隅《かたすみ》に押《お》しやった。単純に灰色の騎士がそこまでの知恵者《ちえしゃ》ではなかったという事だろうし、そもそも戦闘中に考えるような事ではなかった。

「それに今は私も居るしねっ！　レイオブサンシャイン・モディファー・シングルウェイブレングス・アンド・ゲイズトラッキング！」

ジャッ、ジャジャジャッ
クリムゾンが呪文《じゅもん》の詠唱《えいしょう》を終えると、彼女の両方の瞳《ひとみ》が赤く輝《かがや》く。そしてそこから一本ずつ赤い光が放たれた。それは彼女が魔法を使って作り出した攻撃用のレーザーだ。レーザーは厳密には瞳から放たれている訳ではなく、瞳の少し前の空間から発射されている。視線で誘導《ゆうどう》するオプションが付いているので、結果的にそういう風に見えるのだ。

『ぬううっ！』

その二条の赤い光はグレバナスを捉《とら》える。だが干乾びて細くなったその身体を焼くには至らず、僅《わず》かな手傷と着ている長衣を切り取るだけで終わった。

「まだまだぁぁあっ！」

レーザーはクリムゾンの視線に連動している。彼女はグレバナスの身体が視界の中央へ来るように視線を動かした。

『遅延《ちえん》解除、閉ざせ白夜《びゃくや》の霧霞《きりかすみ》！』

ボンッ

だがその直後、グレバナスの身体が真っ白い霧《きり》に包まれた。その霧に入った段階でレーザーは威力《いりょく》が大きく減衰《げんすい》し、グレバナスの身体に僅かな火傷《やけど》を刻むに止まった。

『危ない危ない、蘇生《そせい》直後の私なら、これでやられていましたよ』

二千年前にはレーザーなど無かった。だがグレバナスは既《すで》にそういう武器がある事を知っている。対策は十分に練られていた。

「やるじゃない、流石は伝説の大魔法使《まほうつか》い！」

レーザーを防がれた筈《はず》だが、当のクリムゾンは楽しそうだった。彼女にとっては戦いが全て。強敵は望むところだった。

「ダグバラン、お前の馬鹿力で前線を押し上げろ！　見たところ、青騎士《あおきし》以外は非力な奴《やつ》が多い！」

「了解《りょうかい》っ、分隊長!!」

グレバナスが事前に用意した対策はそれだけではない。皇国軍側にも魔法使いが出てくる事を見越《みこ》して、最前列に体躯《たいく》に優れた兵士を配置している。魔法使いは基本的に接近戦に弱い傾向《けいこう》があり、しかもフォルサリアの文化や社会の影響で比較的《ひかくてき》女性が多い。距離《きょり》を詰《つ》めて接近戦に持ち込《こ》み、魔法を使えないようにするのは対魔法使い戦術の基本だった。真希もクリムゾンも比較的接近戦を得意とするが、それはあくまで魔法使い同士の場合であり、本職の兵士をグレバナスが魔法で援護する方が有利なのは明らかだった。

「おおおおおっ！」

「させるかっ！」

その辺の事情は孝太郎達にもよく分かっている。前進してくる敵の兵士達を、孝太郎と指揮下の兵士達が迎《むか》え撃《う》った。孝太郎の相手は一際《ひときわ》大きな体躯の兵士だった。その巨体《きょたい》を重装甲で包み、多少の銃撃《じゅうげき》などものともせず、まっしぐらにクリムゾンを狙《ねら》っていた。

ガキンッ

孝太郎のシグナルティンと兵士のビームソードが激突《げきとつ》する。普通の剣であればこの時点で折れていた。魔法の剣なら消滅《しょうめつ》している。だがこのビームソードは違う。シグナルティンと激突した事で刀身を構成しているビームが失われかけたものの、後から後から白熱した重金属粒子《りゅうし》が湧き出してくる構造なので、すぐに元《もど》に戻ってその一撃《いちげき》をしのぎ切った。シグナルティンは魔法を使わない、実体のない剣なら有効かもしれないと踏《ふ》んだグレバナスの目論見《もくろみ》通りだった。

「やれます、戦えていますグレバナス様！」

『しばらく頼《たの》みますよ、ダグバラン君。君が青騎士君を抑えてくれさえすれば――』

「私が一緒に居るから、多分簡単じゃないわよ」

タンッ、タタンッ

その瞬間《しゅんかん》、小さな影《かげ》が孝太郎の背後から飛び出し、両手に持った銃《じゅう》で孝太郎と交戦中だった兵士――ダグバランを銃撃する。すると銃弾《じゅうだん》はダグバランの身体を包む重装甲を易々《やすやす》と貫《つらぬ》いた。彼女の銃の弾《たま》は、普通の銃弾ではないのだ。

「ダグバラン！」

後方で指揮を執《と》っていた分隊長のサンサーラは、その様子を見て悲鳴を上げる。銃弾はダグバランの左腕《ひだりうで》を貫通《かんつう》していた。

「落ち着いて下さい分隊長、左は義手です！」

だが当のダグバランは落ち着いていた。彼は先日グレバナスの蘇生を受けた。その時ついでに左腕も再生されていた。この左腕は思い通り動くし、まるで本物に見えるが、厳密には人工物という話だ。だから動いているうちは慌《あわ》てる必要はなかった。

「そ、そうだったな」

「しかしグレバナス様、彼女の銃弾には歪曲場が効いていません！」

『油断禁物という事か……ならばこちらで！』

すぐにダグバラン達の身体が紫色《むらさきいろ》の光に覆《おお》われる。それは霊力から身を守る防御の魔法だった。装甲をこの魔法で強化すれば、霊力を使った銃弾も防げる筈だった。

「やり難《にく》い相手だわ！　こっちの痛いところがよく分かってる！」

タタタタッ

ダグバランを銃撃した小さな影――――ナナは、試しに敵兵を銃撃しながら孝太郎の横に降り立つ。銃弾は命中したものの、紫色の光に阻《はば》まれて敵兵にダメージを与える事が出来ない。このまま腕力《わんりょく》の勝負に持っていかれると、体力よりも特殊《とくしゅ》な能力に偏《かたよ》り気味の孝太郎達には不利な状況だった。

『つまりこれこそが君達が強かった理由なのです。あとは個々の質で上回れば、君達にも勝てるという事ですよ』

「思い知ったよ。向上心は捨てるべきではないな」

科学と魔法《まほう》、霊力《れいりょく》を柔軟《じゅうなん》に使い、相手の痛いところを集中的に攻撃する。それが孝太郎達の強さだった。今はそれがグレバナスにも出来る。しかも粒揃《つぶぞろ》いの駒《こま》も手に入った。魔《ま》力《りょく》ならグレバナスが、腕力なら兵士達が、それぞれ孝太郎達を上回っている。グレバナスの言葉通り、このままでは孝太郎達が負ける可能性が十分にあった。

『そして私には、こうして君達には出来ない事も出来る!』

ザ、ザザザザザッ

グレバナスが頭上に杖を掲《かか》げると、周囲の物陰から黒ずんだ何かが次々と姿を現した。それらは人間の姿をしていたが、多くはその身体《からだ》が腐《くさ》り落ちており、中には骨だけになっているものも少なくなかった。その姿を見た瞬間、孝太郎は怒《いか》りに表情を歪《ゆが》ませた。

「貴様っ、ここへ来る前に墓地を襲ったのか!?」

『襲ったなどと、不当な言いがかりです。彼らは自分で墓穴《ぼけつ》から這《は》い出て、進んで協力してくれたのですよ』

その腐った人の群れは、グレバナスが魔法で生み出した不死者達だった。いわゆるゾンビやスケルトンと呼ばれているものだ。今回は全てが魔法的な手段だけで生み出されたもので、例の『廃棄物《はいきぶつ》』は使われていない。その分運動能力は低いのだが、創造主であるグレバナスの命令を淡々《たんたん》と遂行《すいこう》する。だからラルグウィンが襲われたり、『廃棄物』に感染《かんせん》したりする心配はない。軍事作戦に参加させるなら、こちらの方が使い易かった。

『彼らの救援《きゅうえん》が間に合うかヒヤヒヤしましたが……思った以上に急いでくれたようで助かりました』

グレバナス率いる旧ヴァンダリオン派は、隠密《おんみつ》裏に接近しなければならなかった為にあまり多くの兵力を連れて来られなかった。また皇宮《こうぐう》が近いので一旦戦闘《いったんせんとう》が始まってしまえば重力波通信が妨害《ぼうがい》される可能性が極めて高く、ワープや転送用ゲートで援軍《えんぐん》を連れて来るのは難しい。しかし一気に決着を付けたいのでどうしても兵力は必要だった。そこでグレバナスは直前に墓を荒《あ》らしてゾンビやスケルトンを大量生産した。彼らの移動は徒歩なので到着《とうちゃく》はグレバナスの本隊よりも幾《いく》らか遅《おそ》くなってしまったものの、幸い致命的《ちめいてき》な結果になる前に辿《たど》り着いてくれた。これで状況が旧ヴァンダリオン派有利に大きく傾《かたむ》いたのは確かだった。

「なりふり構っていられないという事か……」

そう言って孝太郎はシグナルティンを構え直した。グレバナスは死者の軍団を前面に出し、損害を無視して強引《ごういん》に攻《せ》めてくるだろう。そういう状況では孝太郎の方もなりふり構っていられない。やれる事は全てやる覚悟《かくご》だった。

『君と昔話をするのは楽しいですが、その為《ため》に蘇《よみがえ》った訳ではありませんからねぇ。機会があれば二千年前の失敗を取り返したい訳です』

グレバナスも杖を掲げて身構える。すると蠢《うごめ》く死者の群れが前進し、兵士達《たち》よりも前に出て整然と列をなした。死者の群れはグレバナスによって完全にコントロールされている。グレバナスが命令を下せば一斉《いっせい》に襲い掛《か》かってくるだろう。

『それでは行きますよ、青騎士《あおきし》君。幾ら君でもこの状況は辛《つら》い筈だ！』

そしてグレバナスは杖を振《ふ》り下ろした。すると指揮下の兵士達と死者の群れは、一丸となって孝太郎達に襲いかかった。

孝太郎にはシグナルティンがあるので、魔法で動いているゾンビやスケルトンは大した脅威《きょうい》ではなかった。だが問題は数だ。倒しても倒しても次々に襲いかかってくるのだ。それを更《さら》に厄介《やっかい》なものにしていたのが、死者に紛《まぎ》れて攻撃して来る普通の兵士達だ。彼らはフォルトーゼ製の武器で武装しているので攻撃力《こうげきりょく》が高く、孝太郎達が死者を攻撃する瞬間の隙を狙って来る。また彼らに対してはシグナルティンの優位性が生かし切れない。魔法を分解する能力は無意味であり、攻撃力が高いだけのただの剣《けん》でしかなかった。魔法を使えば倒すのは難しくないが、実際に使おうとするとグレバナスが邪魔をしてくる。結果、戦いは単純な削《けず》り合いの様相を呈《てい》していた。

『開戦までの戦略は素晴《すば》らしかったが、戦術レベルではまだこちらに一日の長があるようだね、青騎士《あおきし》君！』

グレバナスの表情には余裕《よゆう》があった。もっとも干乾《ひから》びた顔からそれを読み取るのはとても難しいのだが。戦況《せんきょう》は彼の思《おも》い描《えが》いた通りの展開になっている。やはりマクスファーンに付き従って老齢《ろうれい》になるまで繰《く》り返し戦争に参加し続けた事で、グレバナスは魔法に絡《から》んだ戦闘の経験が豊富だった。初動の不利を押し返し、孝太郎達を圧倒《あっとう》し始めていた。

――――もう少しで皇国軍は崩れ、ラルグウィンを奪還できる。そうなれば………。

普段は落ち着いた印象のグレバナスだが、この時ばかりは気が逸《はや》っていた。蘇生の魔法は完成している。ラルグウィンを奪還できれば、遂《つい》にマクスファーンの復活に手が届く。だから流石の彼も興奮を隠せなかった。

「里見さん、このままだとまずいわ！」

スケルトン――動く骨の一体を蹴《け》り飛ばしながら、ナナが孝太郎に警告する。彼女《かのじょ》の経験では、ずるずると負けになる時に特有の状況だった。

「俺《おれ》が前に出ます。後方のグレバナスを黙《だま》らせない事には、すぐに押し切られます！」

グレバナスとは逆に、孝太郎は焦っていた。状況の悪さは孝太郎も感じ取っている。グレバナスの狙いは孝太郎達の殲滅《せんめつ》ではない。グレバナスの狙いはあくまで、孝太郎達の後方に停車しているラルグウィンを乗せた車両に辿り着く事だ。孝太郎は自分と味方を守るだけなら自信があったが、押し寄せてくる死者の群れを全て車両から遠ざけるのは困難だった。

「それは貴方が危険過ぎるわ！」

「それでもやらねばラルグウィンを連れて行かれます！」

やはりグレバナスの豊富な経験が問題だった。全体としては孝太郎達が優勢であるにもかかわらず、この時、この場所に限っては、孝太郎達の方が兵力不足に陥っている。他の場所で戦っている少女達が援軍に来れば逆転も可能だろうが、彼女達《かのじょたち》の戦いはまだ終わっていない。本来は敵の部隊を足止めする筈だった少女達が、逆に足止めされる形になってしまっていた。この場は孝太郎達が自力で何とかしなければならない。そしてその為には死者の群れに命令を出しているグレバナスを倒すのが手っ取り早かった。

「分かったわ。その代わり、私と真希さんを連れていく事」

「それは――――いえ、分かりました。それでいきましょう」

反論しかけた孝太郎だが、すぐに考えを改めて頷く。議論をしている暇《ひま》はないのだ。

「良いわね、真希さん？」

「それが私の役目です。クリムゾン、頼める？」

「ん？　ああ、そういう事ね。任せて頂戴。インフェルノファイア・モディファー・エリア――――」

ニヤリと笑うとクリムゾンは呪文の詠唱を開始する。得意の爆炎の魔法だった。

『撃たせませんよ、そんな大魔法は！　出でよ、虚空《こくう》領域！』

すると魔力の集中に気付き、グレバナスも対抗《たいこう》して呪文の詠唱を始める。その詠唱は短く、掌印も僅かで、後から始めたにもかかわらずクリムゾンより先に魔法は発動した。

ボッ
その瞬間、クリムゾンの杖《つえ》の先に現れつつあった火球が消失する。グレバナスが放った魔法には、狭《せま》い範囲に限られるが、魔力を消し去る効果があったのだ。

「クイックキャスト・ヘイスト・モディファー・エリアエフェクト！」

火球の消失と同時に発動した魔法があった。それは真希が発動させた、身体能力を上げて素早く動けるようにする魔法だ。この魔法は孝太郎達だけでなく、周囲の味方兵士達にまで同時に効果が及《およ》んだ。

「後は頼む！」

魔法がかかると、孝太郎は弾《はじ》かれたように走り出した。真希とナナもそれに続く。

「仰《おお》せのままに、青騎士《あおきし》閣下！」

そして同時に味方の兵士達が孝太郎達の正面に火力を集中させ、孝太郎達の前進を援護《えんご》する。その瞬間、グレバナスは孝太郎達に騙《だま》された事に気が付いた。

『なんと、それが本命だったか！』

グレバナスといえど、複数の魔法を同時に無効化するのは難しい。だから孝太郎達はクリムゾンの魔法を囮《おとり》に使って、本当に無効化されると困る身体能力引き上げの魔法を無事に発動させた。これにより孝太郎達は突破《とっぱ》力を得て、兵士達はその援護をする力を得た。また孝太郎達が抜《ぬ》けた後に戦線を支える力にもなるだろう。よく考えられた、真希らしい魔法の使い方だった。しかしそれすらも待っていた者が居た。

「……………油断大敵という事だ、グレバナス。魔法で動くゾンビは動きが遅い事も連中の計算に入っている」

それは灰色の騎士だった。彼はゾンビの群れの中から染《し》み出るようにして姿を現した。そして灰色の騎士は孝太郎達三人が前に出て戦闘《せんとう》能力が落ちた皇国軍に斬《き》りかかった。

『おお、騎士殿《どの》！』

「確かに良い考えではあるが、青騎士《あおきし》が前に出てしまった状況で、果たして俺を止められるかな？」

灰色の騎士は最初から陰《かげ》に潜《ひそ》み、孝太郎達が焦《じ》れて前に出ようとするのを待っていた。いかに身体能力が引き上げられていようと、一般《いっぱん》の兵士には灰色の騎士の相手は難しい。この状況ならラルグウィンがいる場所まで突破するのは容易《たやす》いと考えての事だった。

「そう願いたいな」

ガキィッ

だが灰色の騎士の剣は、巨大な槍《やり》によって受け止められた。

「そうか、まだお前が居たな、グレンダードの戦姫《せんき》」

槍の持ち主はネフィルフォランだった。彼女はここまで後方で部隊の指揮に集中していたのだが、孝太郎達が突撃したので前に出てきたのだ。

「ここは簡単には通さんぞ、灰色の騎士！」

ゴッ

ネフィルフォランは灰色の騎士の胴体《どうたい》を蹴り付けて距離を作ると、愛用の大槍を振り回した。その動きは素早く滑《なめ》らかで、熟達した技量を感じさせた。

ギィンッ

大槍と剣が再び激突する。灰色の騎士も簡単にはやられない。くすんだ灰色の騎士剣《きしけん》を両手で構え、ネフィルフォランの一撃を難なく受け止めた。

「私の事も忘れないで欲《ほ》しいんだけどっ！」

ドゴォォッ

クリムゾンが振り下ろした大斧《おおおの》が綺麗《きれい》に舗装された路面に突《つ》き刺《さ》さる。だが本来の狙いはそこに居た筈の灰色の騎士だ。だが残念ながら彼は既に後方に向かって跳躍《ちょうやく》し、難を逃れていた。

「皇女殿下、なるべくあの者には触《ふ》れないように願います」

クリムゾンにしては珍《めずら》しく、ネフィルフォランに対して敬語を使っていた。クリムゾンを必要だと言い、彼女を戦いの場に連れて行ってくれるネフィルフォランには尊敬の念を抱《いだ》いているのだ。理想の上司を見付けたと言っても過言ではなかった。

「そのようね。気を付けるわ」

ネフィルフォランはそう言ってちらりと右足を見下ろす。彼女も動力付きの鎧《よろい》を着ているのだが、その右足の装甲が歪んでしまっている。恐《おそ》らく灰色の騎士を蹴り付けた時に何かをされたのだ。クリムゾンが言う通り、直接触《ちょくせつふ》れるのは避けた方が良さそうだった。

「グレンダードと元ダークネスレインボゥの幹部……このままでも勝てなくはないが、時間はかけられんな……」

灰色の騎士は剣を掲げた。するとそこに混沌《こんとん》の渦《うず》が現れる。そしてその中から、灰色の何かが二つ、ゆっくりと這い出してきた。その姿は不定形で、常に変形を続けている。生き物なのか、物質なのか、それすらもよく分からない。だがその何かは灰色の騎士を守ろうとするかのようにその左右に並んだ。

――急ぎなさいよ、真希と青騎士《あおきし》！　これが相手では長くはもたないわ！

小難しい事は苦手なクリムゾンだが、彼女も高位の魔法使いだ。その灰色の不定形の何かが、どんなものであるのかは想像がつく。混沌に属するものである以上、物質だろうが生物だろうが危険だった。

『孝太郎、今そっちどうなってるの⁉　ヤな気配がしてるけど⁉』

灰色の何かの出現に前後して、早苗が孝太郎に連絡《れんらく》をしてきた。早苗は遠くに居ても、混沌の渦の気配が分かるのだ。

「灰色の騎士が出た！　ネフィルフォラン殿下とクリムゾンが相手をしてくれているが、

雲行きが怪《あや》しい！」

孝太郎は死者の群れを斬り倒《たお》しながら応じる。本当なら灰色の騎士は孝太郎が相手をしたいところだが、そうもいかない。グレバナスを倒して死者の群れを止めねば、ラルグウィンを連れ去られてしまうだろう。それに孝太郎は既にグレバナスの近くまで来てしまっている。今から戻るのは難しく、時間的にもかなりの損失だった。

『こっちが片付いたらすぐに行く！』

「頼む！」

早苗は救援に来ると言ってくれていたが、孝太郎は恐らく間に合わないだろうと考えていた。勝つにしろ、負けるにしろ、決着はもっと早い筈だった。

――――経験の差がここまで響いてくるとは……。

各種技術の差が埋まってきた事で、グレバナスの経験が物を言い始めていた。今もそうで、重力波通信を妨害した事で双方の援軍が呼べない状況《じょうきょう》が裏目に出ている。死者の群れでグレバナスの方だけが援軍を得て、当初の戦力差をひっくり返されてしまっていた。

『そろそろ終わりに致しましょうか。今でこそ時間は私達の味方ですが、この先は必ずしもそうではないのでね』

だが実のところ、グレバナスの優位は危ないバランスの上で成り立っている。他の四ヶ所の戦闘が終わると、少女達が援軍としてこの場所に殺到《さっとう》する。また空間歪曲技術を用いずに、通常の移動手段で援軍が到着するのももうすぐだろう。

『時と宙の精霊《せいれい》よ、我《わ》が召喚《しょうかん》に応えよ！　二柱の力繋《つな》いで、開け時空の門！　天空駆《か》ける流星が如く――――』

グレバナスは杖を頭上に掲げながら呪文の詠唱を開始した。その呪文を聞いて、真希の表情が変わった。

「まずいわ、里見君！　この呪文、テレポートよ！」

グレバナスが詠唱中の呪文は、瞬間移動の魔法のものだった。この場所からラルグウィンを乗せた車両に直接飛ぼうというのだ。

「なんだって!?　ワープは妨害されているんじゃ!?」

「魔法で目視距離なら可能なのよ！」

厳密には妨害されているのは重力波だ。それを使ってワープ先の状態を調べるので、妨害されるとワープそのものが出来なくなってしまう。だから目視できる距離であれば問題なく実行出来る。それが魔法であれば、より手軽に実行出来るだろう。

「しかも後方に居たネフィルフォランさんが前に出て来てしまっているから、向こうで対抗できる戦力がない！」

そしてナナが指摘《してき》したこの問題こそが、グレバナスの真の恐ろしさだった。グレバナスの狙いは最初からラルグウィンの直衛にあたる人物を前線に釣《つ》り出す事にあった。そうすればテレポートで移動し、同じくテレポートでラルグウィンを連れ去る事も出来る。目視距離は移動距離が少ないという事でもあるので、グレバナスのような大魔法使いならテレポートの連続使用も可能だろう。つまりネフィルフォランが灰色の騎士への対応で前に出ざるを得なかった事を利用されてしまったのだった。

「桜庭先輩《さくらばせんぱい》、シグナルティンを――」

『もう遅い！』

その瞬間、グレバナスの姿が掻き消える。詠唱を終え、テレポートが実行されたのだ。その姿は既にラルグウィンを乗せた車両の傍《そば》にあった。

「しまった⁉」

「里見君っ、こっちもテレポートで貴方を送るわ！」

真希がすぐに対応に入る。真希にも瞬間移動の魔法が使える。グレバナスやゆりかほど自由自在ではないが、この距離で一回だけなら問題はなかった。だがそんな孝太郎達をグレバナスが嘲笑《ちようしよう》する。

『一手ずつ遅いな、青騎士《あおきし》君！　時と虚《きよ》の精霊よ、我が召喚に応え――』

ガキィッ、ベキベキベキィッ

グレバナスはその枯れ木《かき》のような腕《うで》で後部のドアを破壊《はかい》した。何処《どこ》にそれだけの力があるのか、あるいはそれすらも魔法であるのか、まるで段ボール製のドアを引き千切るかのようだった。しかもそうしながらテレポートの呪文を詠唱している。ラルグウィンを見付けたら、そのまま飛ぼうとしているのだ。

『フハハハハハハッ、やはりここに居たな、ラルグウィン!』

グレバナスの落ち窪《くぼ》んだ虚《うつ》ろな目は、車内のベッドに寝《ね》かされているラルグウィンを発見した。薬で意識が無いようだったが、あっても落下防止でベッドに固定されているので身動きは取れなかっただろう。

『これで、これで我が念願が叶《かな》う! 遂にマクスファーン様を――――』

グレバナスは笑《え》みを浮《う》かべて――――そう、醜悪《しゅうあく》ではあっても間違《まちが》いなく笑顔――――その手をラルグウィンへ向けて伸《の》ばす。その手を取って、再度テレポートすればグレバナスの勝利だった。だが、その時だった。

ドンッ

『ぐはっ!?』

グレバナスの手が止まる。あまりの衝撃《しょうげき》にグレバナスは身動きが取れない。いつの間にか、彼の胴体の中央部分に大きな穴が開いていた。

「汚《きたな》い手でラルグウィン様に触れるな」

その穴を作ったのはファスタだった。彼女はグレバナスに忍《しの》び寄ると、至近距離から大口径の銃を発射したのだ。

『き、さま、ラルグウィンの副官――――』

ドンッ、ドンドンッ

ファスタはグレバナスの問い掛けに答えず、容赦《ようしゃ》なく銃弾を撃ち込んでいく。彼女が撃っているのは対物ライフルで、本来は車両を狙撃《そげき》する為に使うものだ。それを両腕《りょううで》で抱《かか》えるようにしてろくに狙いも付けずに撃っている。だが至近距離であるから、狙いに関しては問題はない。通常の状態でも防御力《ぼうぎょりょく》は普通《ふつう》の人間とは段違《だんち》いのグレバナスだが、流石《さすが》にこの距離からの対物ライフルは防げない。またグレバナスはテレポートしようと呪文の詠唱の最中だった為、防御の為の魔法も使えない。銃弾はことごとく命中し、その身体に大きな穴を穿《うが》った。

「ファスタさん⁉　この忙《いそが》しい時に⁉」

孝太郎は驚《おどろ》きに目を見張った。孝太郎達にとっては非常に辛いタイミングでのファスタの登場だった。

――――だが、確かにファスタさんにしてみればこのタイミングしかなかった筈だ！

孝太郎もすぐにそこへ思い至る。兵力で大きく劣《おと》るファスタなので、孝太郎達と旧ヴァンダリオン派が潰《つぶ》し合う状況でのラルグウィンの奪取《だっしゅ》が最良の策となる。旧ヴァンダリオン派の動きを察知した時点で、彼女にはこうするしかなかったのだ。

「どうするの里見さん⁉」

ナナの表情も厳しい。このタイミングで敵が増えるのは非常に辛い。孝太郎はほんの一瞬だけ思案した後、決断した。

「…………ファスタさんの援護を！　今彼女が倒れれば困った事になります！」

「本気なの⁉」

それはナナにとっては驚きの回答だった。その大きな瞳をいっぱいに開いて孝太郎を見上げる。

「優先順位の問題です！　一番困るのはグレバナスに連れて行かれる事であって、ファスタさんに連れて行かれる事じゃありません！」

残念ながらファスタとグレバナスの双方を同時に倒せる可能性は殆《ほとん》ど無かった。むしろ今はファスタが最後の盾《たて》となってラルグウィンを守っている状況なのだ。だからもしここで孝太郎達がファスタを攻撃すれば、グレバナスはラルグウィンを連れ去り、マクスファ

ーンの復活を試みるだろう。

逆に孝太郎達がファスタを援護すれば、少なくともマクスファーンの復活は起こらなくなる。また彼女がラルグウィンを連れて旧ヴァンダリオン派に再合流する可能性も低い。旧ヴァンダリオン派は現在グレバナスが掌握《しょうあく》しているからだ。そうであるなら、最悪を避ける為の苦肉の策ではあるものの、一旦《いったん》ラルグウィンをファスタに預けるのは悪い選択《せんたく》ではない。後で追跡《ついせき》して再度ラルグウィンを逮捕《たいほ》する可能性も残るのだから。

「ええい、それしかないか！」

ナナも状況は分かっている。不本意ながらも孝太郎の言葉に同意した。彼女はすぐに部下達へ指示を出した。

「ネフィルフォラン隊のみんな、あの女性には攻撃しないで！」

『了解！　みんな、聞いたな⁉』

『分かったぜナナちゃん！』

『あの子ってもしかして、こないだの子か？』

『らしいな』

『………良かった、撃たずに済んで』

ネフィルフォラン隊はすぐに了解の雄叫《おたけ》びを上げた。そしてこれまで通りに戦闘を続ける。その銃弾は一発もファスタに向かって飛ぶ事はなかった。

――撃たないでくれたのか、青騎士《あおきし》は……。

ほんの一瞬、ファスタの目が孝太郎に向けられる。不思議なものを見ているような眼差《まなざ》しだった。普通なら撃たれても文句は言えない状況であり、彼女は撃たれる覚悟もしていた。だが孝太郎は撃たなかった。ファスタは孝太郎達がそうせざるを得ない程《ほど》、グレバナスを危険視しているのかもしれないと感じていた。

「ならば――」

ドンッ、ドンッ

ファスタは視線をグレバナスに戻すと、再び発砲《はっぽう》した。その瞳は孝太郎達に向けていた時とは打って変わって、冷たく刺すような印象があった。トリガーを引く指にも一切《いっさい》の躊躇《ためら》いはない。

『う、く、くそっ!』

リッチ――不死者となったグレバナスは強靭《きょうじん》な肉体を持っているが、流石に何度も対物ライフルで撃たれてはたまらない。詠唱中だったテレポートの魔法を使って、咄嗟《とっさ》にファスタの傍から離《はな》れた。

「消えた!? また例の魔法とやらか!?」

『お前達、あの小娘《こむすめ》を殺せ！　被害《ひがい》など幾ら出しても構わん！』

瞬間移動でファスタから逃《のが》れたグレバナスは、物陰《ものかげ》から死者の群れへ命令を下した。それは至極《しごく》単純な突撃《とつげき》命令だった。ファスタにラルグウィンを連れ去られる事は、どんな事があっても避けなければならない。流石にこのタイミングでのファスタの奇襲《きしゅう》はグレバナスにも想定外で、まともな対策は何もない。だからこれまでとは違《ちが》って、力押しでの対策となった。そして死者の群れはこれまで戦っていた皇国軍を無視して、雪崩《なだれ》のようにファスタに襲《おそ》いかかっていった。

「くっ！」

この状況に至り、ファスタは抱えていたライフルを投げ捨てた。対物ライフルは防御力が高いグレバナス相手には必要だが、数で攻める死者の群れには不向きな武器だった。ファスタはサブマシンガンに持ち替《か》えて襲い来る死者の群れを迎撃《げいげき》し始める。加えて彼女が周囲に展開していた無人機や仕掛けが一斉に群れを攻撃し始めた。だが群れを止めるには至らない。皇国軍が数を減らしてくれてはいるのだが、やはりそもそもの数が多過ぎるのだった。

「グレバナスめ、滅茶苦茶《めちゃくちゃ》を始めやがった！　藍華《あいか》さん、頼む！」

「はいっ！」

倒れていく数は死者の群れの方が桁違《けたちが》いに大きかった。文字通り死体の山が出来つつあったのだ。だが倒し損ねた死者がファスタを殺せばそこ《そこ》で終わりになる。致命的な結末に至る前に、救援に向かわねばならない。今の場合は真希にテレポートの魔法で移動させて貰《もら》うのが一番早かった。

ピー

そんな時、ナナの通信機に何者かからの着信があった。

「ちょっと待って！　援軍が来てくれたわ！」

『ナナちん、ネイビー、大丈夫《だいじょうぶ》⁉』

通信機からオレンジの声が飛び出してくる。彼女にしては珍しく、緊張《きんちょう》気味で心配そうな声だった。

「無事だけど、大丈夫じゃないから急いで‼」

『りょーかい！　……みんな、ナナちんがすぐやってって！』

援軍は宮廷魔術師《きゅうていまじゅつし》団だった。孝太郎達《たち》もグレバナスの魔法に対して無策であった訳ではない。きちんと宮廷魔術師団に対策を準備して貰っていた。ただしやはりそうした対策には時間がかかるので、実行がこのタイミングまでずれ込んでいたのだ。

『そっちのみんなに警告して！　すぐに魔法の使用を中止させて！』

「分かったわ！　みんな、魔法を使っていたらすぐに止めて！　危ないわよ！」

『行くわよ、リチュアル・アンチマジックフィールド・広域展開！』

　コオオォォォォォォッ
　次の瞬間、孝太郎達がいる場所一帯がオレンジ色の光に包まれた。それは宮廷魔術師団が発動させた儀式魔法《ぎしきまほう》だった。五人の宮廷魔術師とゆりかは、協力して一つの魔法陣《まほうじん》を囲み、ある魔法を発動させた。その魔法とはアンチマジックフィールド、先程《さきほど》グレバナスがクリムゾンに向かって発動させた魔法と同じものだった。それはある狭い領域内にある魔力を消し去り、一時的に魔法を使用不能にする。だが六人の魔法使いが協力して時間をかけて儀式化した事で、その効果範囲《はんい》が極《きわ》めて広くなっている。それは孝太郎達が戦っている辺り一帯を全て範囲内に収める程に広かった。

『ガッ、グゥゥアアアアァァァァッ！』

　グレバナスはこの魔法に大きな影響《えいきょう》を受けた。その身体にはファスタに撃たれて出来た傷が幾つも刻まれており、それを魔力を使って自動的に再生している最中だった。その為一時的とはいえ周囲の魔力を断《た》たれると、傷の修復や苦痛の緩和《かんわ》が停止する。傷は開き、どす黒い体液が滴《したた》り落ちる。その枯れ木のような顔は苦痛に大きく歪んだ。

『オオオオッ、オォォォォォォッ』

『ヴァアアァァァァァッ』

そして同じ影響は死者の群れにも起こった。死者の群れは動きを止め、バタバタと倒れていく。彼《かれ》らの場合そもそもグレバナスの身体のように強力な魔力を帯びている訳ではないので、魔力を断たれる事でほぼ全ての個体が行動不能となった。中にはそのままただの死体に戻ってしまうものも少なくなかった。その結果、旧ヴァンダリオン派の兵力は一気に失われ、戦闘可能なのは通常の兵士と灰色の騎士《きし》のみとなってしまっていた。

「厄介な事になった！」

灰色の騎士は舌打ちした。灰色の騎士が使っている剣も問題の儀式魔法の影響を受け、威力《いりょく》が大きく下がってしまっていた。また混沌の渦から呼び出した不定形の塊《かたまり》は移動や攻《こう》撃《げき》に魔力を使う為、動きが鈍《にぶ》っている。

「私が言うのもなんだけどっ、アンタその剣に――――魔法に頼《たよ》り過ぎなのよ！」

そんな灰色の騎士にクリムゾンが斬りかかる。この時彼女が使った武器は、いつもの斧ではなく皇国軍の兵士達が使っているのと同じビームソードだった。彼女の斧は魔法で杖を変化させたものなので、この状況では使えない。しかしこうなる事を知っていた彼女はきちんと代用品を用意していたのだ。

「もう魔法使いが魔法だけでやっていける時代じゃないのよ！」

「くそっ、誘《さそ》い込《こ》まれたかっ！」

「そういう事ッ!!」

　ビシッ、ガンッ
　灰色の騎士は自身の剣を操《あやつ》ってクリムゾンのビームソードを受け続けていたが、剣の力が弱まっているせいで反撃《はんげき》に移れないでいる。また武器がビームソードになりクリムゾンの戦い方が変わった事も、反撃し辛い原因の一つだった。

「それに我が皇女殿下《でんか》はそもそも魔法など使っていない！」

「ハアァッ!!」

　灰色の騎士の敵はクリムゾンだけではない。ビームソードを防ぐのに忙しい灰色の騎士の死角から、ネフィルフォランの大槍が迫《せま》る。

「ちぃぃぃぃっ!!」

　灰色の騎士は身を投げ出すようにしてその一撃をかわす。だが大槍は避《よ》け切れず、肩《かた》のあたりの装甲《そうこう》が砕《くだ》かれ、そこに取り付けられていたマントの一部を引き裂《さ》かれた。咄嗟に身をかわさねば、大槍は灰色の騎士の胴体を貫いていただろう。

「クリムゾン、やっぱりあの不定形の塊の動きが鈍いわ。先程までの勢いがない」

　ネフィルフォランは大槍を大きく振り回し、再びその穂先《ほさき》を灰色の騎士に向ける。これまではクリムゾンと二人がかりでも灰色の騎士相手に苦戦していた。だが今は対等以上に戦える。剣の威力だけでなく、呼び出した灰色の塊の力も大きく損なわれているのだ。灰色の塊が魔法で横槍《よこやり》を入れてくる頻度《ひんど》が目に見えて減っていた。

――どうしたものか……このままここで戦うか、グレバナスのフォローに回るか、あるいは撤退《てったい》か……面倒《めんどう》な事になった……。

問題の儀式魔法――アンチマジックフィールドの効果が切れるまではこの劣勢《れっせい》は覆《くつがえ》らない。だが折角《せっかく》の儀式魔法なので、効果時間を短く設定するほど宮廷魔術師は間抜《まぬ》けではないだろう。灰色の騎士は選択を迫られていた。

「まずい……」

問題はそれだけではなかった。新たに旧ヴァンダリオン派にとって厄介な問題が起こりつつあった。攻勢《こうせい》が緩《ゆる》んだ隙《すき》に、ファスタが移送用車両へ入ったのだ。

「……こうなっては仕方ない、無傷での奪還《だっかん》は諦《あきら》めろ、グレバナス！」

多くの不利が重なった結果、灰色の騎士は決断した。そして自身の鎧のコンピューターを介《かい》して、周囲の味方兵士に命令を送る。それはラルグウィンを乗せた移送用車両に対する攻撃命令だった。

押《お》し寄せる死者の群れが倒れ始めた時、ファスタが真っ先に考えたのはやはりラルグウィンの事だった。この機会を逃せばラルグウィンを連れ出す機会は二度と得られないだろう、そう直感したファスタは身を翻《ひるがえ》して走り出した。

「ラルグウィン様！」

移送用の車両の後部ドアはグレバナスの手によって破壊されている。彼女はそこを通り抜け、長い間追い求めた人物のもとへ遂に辿り着いた。

「……騒々《そうぞう》しいぞ、ファスタ」

ラルグウィンには意識があった。彼は静かな眼差しでファスタを見上げていた。

「申し訳ありません、ラルグウィン様！　なにぶん道が混んでおりまして……」

本当に長い道のりだった。ラルグウィンの下を離れてからずっと、ファスタはこの時の為に走り続けて来た。ようやくラルグウィンと言葉を交《か》わせた事で、ファスタの目には涙《なみだ》が滲《にじ》んでいた。

「まだ終わっていない。泣くのは後だ」

「は、はい、申し訳ありません！」

だがファスタはすぐに涙を拭《ぬぐ》うと、ラルグウィンの身体《からだ》に手を伸ばした。ラルグウィンは眠《ねむ》らされていただけでなく、移送中にベッドから落ちないように身体が固定されていたのだ。

「お手を」

「済まない、世話をかける」

拘束《こうそく》から解放され、ラルグウィンはベッドの上で身体を起こした。

「立てそうですか？」

「難しいな、上手《うま》く身体が動かせない」

だが自分で立って歩くのは難しそうだった。意識は戻《もど》っていたが、まだ薬の効果が完全に切れてはいないのだ。

「やはりそうでしたか。こちらを使います」

ファスタはラルグウィンの意識がない可能性まで想定して計画を立てている。だからラルグウィンを運ぶ為の道具は用意されていた。

「なるほど、そう来たか……手回しの良い事だ」

「恐縮《きょうしゅく》です」

ファスタは小さな装置をラルグウィンの腰《こし》のあたりに取り付けた。するとラルグウィンはすぐに立ち上がり、ファスタと向かい合った。

「なかなかどうして、便利な道具であった訳か」

「このPAFには自立行動用の人工知能が組《く》み込まれています。PAFが周囲の状況を認《にん》識《しき》して、ラルグウィン様を安全な場所までお連れします」

ファスタがラルグウィンを運ぶ道具として選んだのは、意外な事にPAFだった。PAFには災害救助などの緊急《きんきゅう》時に備え、自立行動モードが組み込まれている。それは重傷者や意識の無い者を、自動的に安全な場所まで運ぶ為の仕組みだ。これを使えば身体の自由が利かないラルグウィンを連れて逃《に》げる事が可能だった。

「傷はいかがですか？」

「痛みは感じない。薬のおかげだろう。さあ、どうする？　問題はここからだ」

「迎《むか》えと合流します。ついて来て下さい」

時間がない事はファスタも認識している。彼女はすぐに車両の出口へ向かった。するとPAFは彼女の移動を感知して、その後に続く。あらかじめファスタに続くように命令が与《あた》えられているのだ。

ドンッ
だがファスタとラルグウィンが車両を出る前に、それは始まった。車両の近くで爆発《ばくはつ》があり、車体が大きく揺《ゆ》れた。幸いファスタもラルグウィンも転倒《てんとう》するような事は無かったが、爆発は一度では終わらなかった。

ドンッ、ドドンッ

車両の周囲で何度も爆発が起こった。またそれだけでなく、出入り口のすぐ外で銃弾《じゅうだん》やレーザーが飛び交っていた。

「この車両のすぐ外で戦闘が⁉」

「違う。グレバナスか、灰色の騎士か……ともかく彼らはお前の動きに気付いて、我々をここに足止めするつもりなのだ」

ラルグウィンは既《すで》にこの攻撃の主やその意図に気付いていた。孝太郎達が車両を攻撃する意味はない。また旧ヴァンダリオン派の兵士達《たち》も進んでそんな事はしないだろう。攻撃するならグレバナスや灰色の騎士の命令の筈《はず》だ。彼らはラルグウィンを安全に奪還するのを諦めたのだ。ラルグウィンの危険を承知で、車両から出られないように攻撃を繰り返しているのだった。

「仕方がありません、最後の手段を使います」

「何をする気なのだ？」

「少し無茶《むちゃ》をします。姿勢を下げてお待ち下さい」

ファスタはそう言って身に付けている腕輪《うでわ》型のコンピューターを操作した。それは相手がグレバナスと灰色の騎士である事を踏《ふ》まえて、彼女が講じていた最後の策だった。

最初にその宇宙船に気付いたのは『葉隠《はがくれ》』のオペレーター席に居たルースだった。最初は見間違《みまちが》いだと思った。これまで何もなかった場所に唐突《とうとつ》に出現したように見えたからだった。だが観測されたデータを確認《かくにん》した瞬間《しゅんかん》に、それが現実であると気付き、大慌《おおあわ》てで報告した。

「殿下、おやかたさま、所属不明の宇宙船が出現！」

「なんじゃと!?　この忙しい時に!!」

ティアは旧ヴァンダリオン派の宇宙戦艦《せんかん》と砲撃戦《ほうげきせん》の真っ最中だった。しかも市街地が近く、非常に気を遣《つか》う戦いになっている。そこへ新たに敵艦《てきかん》がやって来たのだとしたら、ゆゆしき事態だった。孝太郎も血相を変え、ルースに尋《たず》ねた。

『何処ですか!?』

戦闘が行われている地点は五ヶ所あるが、問題の宇宙船がどの地点へ向かうかでこの先の状況は大きく変わってくる。

「現在位置はフォルノーン港上空！　ポイントF方向に加速中！」

『ここへ来ようってのか⁉』

嫌《いや》な予感はしていたが、問題の宇宙船は孝太郎達がいる地点へ向かっていた。ラルグウインを巡《めぐ》る戦いに加わろうというのだ。

「そもそもどこから来たのじゃ⁉　防空網《ぼうくうもう》をどうやって擦《す》り抜けた⁉」

ティアは混乱していた。フォルトーゼの首都フォルノーンには皇宮《こうぐう》や国会議事堂を始めとする重要施設《しせつ》が集中している。それだけに宇宙船の侵入《しんにゅう》には最大限の対策がされているし、要所では常時空間歪曲《わいきょく》航法が妨害《ぼうがい》されていて使えなくなっている。だから実際旧ヴァンダリオン派の宇宙戦艦は一隻《せき》しか侵入できておらず、しかも有利な位置取りが出来ていない。それが分かっているから、グレバナスは少数の小型艦艇《かんてい》を使って、途中《とちゅう》まで民間船のふりをして降下して来ている。忍び寄ろうにもそれが精一杯《せいいっぱい》。加えてどの艦艇にも迎撃は間に合っているのだ。だから普通は艦艇を使った攻撃は考えない。地上を移動して兵力を少しずつ侵入させ、一斉蜂起《いっせいほうき》の方がよっぽど勝つ可能性があった。グレバナスも時間的な余裕《よゆう》があれば、きっとそうしただろう。だが問題の宇宙船は違う。突如《とつじょ》として警戒網《けいかいもう》の内側に出現している。これは本来、有り得ない状況だった。ティアが混乱するのも無理はないだろう。

「海です！　問題の宇宙船は海面下から出現しました！」

「海じゃと!?」

問題の宇宙船は多目的艇《てい》で、水中での航行も可能なように作られていた。その能力を生かして海中から接近し、警戒網を擦り抜けたのだ。

「じゃが海中とて無警戒《むけいかい》ではないのじゃぞ！　比較的《ひかくてき》小さな艦《かん》の単独潜入《せんにゅう》とはいえ、海中に設置されたレーダーやソナー網《もう》を擦り抜けるには特殊《とくしゅ》部隊の――――あっ」

『なるほど……あれがファスタさんに関連している宇宙船なら、有り得なくはないって事だな』

海中に警戒網を設置し、管理しているのは皇国軍の特殊部隊だ。ヴァンダリオンの反乱前のファスタは特殊部隊の人間であり、そうした情報にはアクセスが可能だった。反乱後に警戒網が修正されていれば役に立たない情報だったかもしれないが、幸か不幸かそういう事にはなっていなかった。

「じゃがどうする!?　迎撃するか!?」

「危険です！　既に人口密集地の上空に突入《とつにゅう》しています！」

『あれがグレバナスの手の者であれば、まずい事になるぞ……』

ファスタなら可能だろう、それが孝太郎達の結論だ。だがそれはあくまで推測の域を出ない。旧ヴァンダリオン派の艦艇である可能性は依然《いぜん》として存在しているのだった。

不死者となり人並外れた強靭な肉体を得た筈のグレバナスだったが、魔力《まりょく》が無効化されている領域の中では必ずしもそうではなかった。銃《じゅう》で撃《う》たれた傷は修復されず、絶えずどす黒い体液を流し続けている。また痛みも緩和されず、開いた傷の数だけグレバナスに苦痛を与えている。耐久力《たいきゅうりょく》が高いせいで傷が増えても死に至らず、苦痛の原因が増えるだけという状況だ。並みの人間であればこの段階で意識か正気を失っていただろう。それに耐《た》えているのは、やはり大魔法使《まほうつか》いだからこその精神力だった。

『……してやられた……フォルトーゼの現皇帝《こうてい》は、既にフォルサリアとの太いパイプを持っていたという事か……』

グレバナスは痛みも耐え難《がた》いものだったが、それ以上に耐え難かったのは自らの思《おも》い込みが失策を招いた事だった。グレバナスはフォルトーゼ側が魔法使いの集団による儀式魔法で攻撃して来る可能性を考慮《こうりょ》しなかった。グレバナスも二、三人の魔法使いが青騎士《あおきし》に従っている事は知っていた。しかしここまで大規模に作戦に参加出来る程の協力体制だとは思っていなかった。この儀式魔法は明らかに大人数の魔法使いを必要とする。仮にその全てがアークウィザードであっても、最低五人は必要となるだろう。つまり青騎士と皇家には十人近いアークウィザードか、その魔力の合計に匹敵《ひってき》する数の魔法使いの集団が従っている筈なのだ。

とはいえこれをグレバナスの慢心《まんしん》と取るのは酷《こく》だろう。これはあくまで孝太郎達がフォルサリアの問題に決着を付けていたからこそであり、またエルファリアが魔法《まほう》の危険性を理解してダークネスレインボゥの幹部達を免責《めんせき》して味方に引き入れたからこそでもある。フォルサリア建国初期の混乱を知っているグレバナスなので、こんなに素早《すばや》く魔術師《まじゅつし》団が派遣《はけん》されているような状況を想定出来なかったのだ。

『だ、だが、このまま行かせはせんぞ、ラルグウィン！　お前はマクスファーン様の大事なお身体なのだからな！』

そうやって心身共に追い詰《つ》められていたグレバナスが出した命令が、移送用車両に対する攻撃だった。攻撃してラルグウィンを足止めし、その時間を使って再び戦えるように立て直そうというのだ。もちろんこれが危険な命令である事は重々承知している。ラルグウィンが死んでしまえば元も子もないのだ。だがそれが分かっていてもなお、ラルグウィンを逃がす訳にはいかなかった。灰色の騎士も動ける状態にはなかったので、これは追い詰められたグレバナスが泣く泣く切った切り札だった。

『なっ、なんだあの宇宙船は⁉』

だがその切り札もあっさりと切り返された。突如として飛来した深紅《しんく》の宇宙船が、旧ヴァンダリオン派の兵士達を攻撃し始めたのだ。

『何処《どこ》からやって来たのだ⁉　青騎士《あおきし》が用意していた伏兵《ふくへい》か⁉』

深紅の宇宙船はその船体に『ゲラゥルーディス二世』という名が刻まれていた。その姿は戦闘艦《せんとうかん》と見るにはあまりに優美で、旅客船《りょかくせん》と見るにはあまりに凶暴《きょうぼう》だった。『ゲラゥルーディス二世』は二種類の武器を使って攻撃していた。まずは二門のレーザー砲《ほう》。これは主に対空兵器と、ラルグウィン達を足止めしている兵器に向けられている。身を守る為《ため》と、足止めの妨害をする為だった。もう一つの武器は煙幕弾《えんまくだん》だ。『ゲラゥルーディス二世』は単独で攻撃しているので、兵士達一人一人を攻撃するのは効率が悪い。かといって兵士達をまとめて吹《ふ》き飛ばすと街が壊《こわ》れる。そこで煙幕弾の登場となる。旧ヴァンダリオン派の兵士は大半が歩兵なので、その視界を塞《ふさ》ぐ事が出来れば攻撃を阻止《そし》するのに十分だった。目標を定めずに撃ってラルグウィンが死んでは何もかもが御破算《ごはさん》なのだ。

『おのれぇぇっ、こんな事がっ、こんな事があってたまるかぁっ‼　もうすぐマクスファーン様がお戻りになるのだぞ⁉　ヤツはその為の身体なのだぞ⁉』

グレバナスは彼らしからぬ金切り声を上げながら、まっしぐらに突《つ》っ込んでくる深紅の宇宙船を睨《にら》み付ける。何とかして魔力の無効化された領域の外へ出るまで、彼には何も出来なかった。


この時『ゲラゥルーディス二世』を見上げていたのはグレバナスだけではなかった。攻撃を受けた事で、旧ヴァンダリオン派の兵士達が上を向いたのだ。そうやって急に多くの敵の意識が自分から剥《は》がれた事で、クリムゾンは自分の頭の上で何かが起こっている事に気が付いた。そして見上げた彼女《かのじょ》の瞳《ひとみ》に映ったのは、深紅の宇宙用戦闘艦だった。彼女にはその機体に見覚えがあった。少し形が変わっていたが、元々特注品の機体の筈なので、見間違いではない。だから彼女は大慌てで仲間達に連絡《れんらく》を取った。

「みんな、これを見て！」

『どうしたのクリムゾン、血相を変えて――――って、「ゲラゥルーディス」⁉』

『って事は、あれはぼっちゃまと真耶⁉　生きてたんだ‼』

仲間のグリーンとオレンジも同じで、その機体には見覚えがあった。かつての彼女達《たち》の仲間、エゥレクシスと真耶。その二人を最後に見た時に、乗っていたのがこの『ゲラゥルーディス』だったのだ。

『待ってオレンジ、気持ちは分かるけど、まだあれがエゥレクシス達と決まった訳じゃないわ』

パープルもオレンジの気持ちは重々わかる。実際、彼女らがいつも心のどこかで捜し続けていた二人なのだ。だがそれでもその気持ちに駆られて判断を誤る訳にはいかない。今はとても重要な局面だった。

『そんな事ないっ！　真耶はともかく、ぼっちゃまなのは間違いないよ！　あんな目立つ戦闘艦、他に誰《だれ》が乗るっていうのよ！』

しかしオレンジは既に確信していた。理屈《りくつ》ではない。彼女には分かっていた。それが求めし者達の帰還《きかん》であるのだと。

『言われてるわよ、エゥル』

『……………ぼっちゃまは止《や》めてくれたまえ、オレンジ』

そしてオレンジが正しかった事は、すぐに証明された。求め続けたその姿が、通信機の向こう側に現れたのだ。その途端《とたん》、オレンジの表情が輝《かがや》いた。

『え〜〜〜、ぼっちゃまはぼっちゃまじゃん！』

『せめて戦っている時はそう呼ばないでくれないか』

『無事だったんですね、真耶、エゥレクシス！』

笑顔のオレンジとは逆に、泣きそうになっていたのはイエローだった。行方《ゆくえ》不明の二人をずっと心配していたのだ。あるいは死んでしまったのではないかとも思っていた。仲間達がその事で調子を崩《くず》している事も心配だった。だから二人を目にしたイエローの安堵《あんど》は深かった。

『あんまり無事ではないから、復活にここまで時間がかかってしまったんだよ』

『例の青騎士《あおきし》マークのせいで、折角始めた運送業も雲行きが怪《あや》しいのよ』

『生きているならどうして連絡してくれなかったの⁉　ずっと貴方達《あなたたち》を捜していたんだから‼』

怒《おこ》っていたのはグリーンだった。二人が生きているのにずっと連絡を寄越《よこ》さなかった事に烈火《れっか》のごとく怒っていた。それだけ彼女も心配だったのだ。

『怒らないでくれたまえ、グリーン。これでも国家転覆《てんぷく》を企《くわだ》てた指名手配犯なんだ。しかも君達は公職に就《つ》いたようだったし』

エゥレクシスと真耶は連絡しなかった事を申し訳ないと思いつつも、そう出来なかった事情があった。二人もヴァンダリオン同様の反逆者であり、現在も絶賛指名手配の最中だった。そんな人間が宮廷魔術師となった彼女達に連絡をしては足を引っ張る形になりかねない。いずれ何かの機会に伝えようと思っていたら、このタイミングになってしまったのだった。

「みんなうるさい！　ごちゃごちゃした話は後回しよ！　真耶、エゥル、あんた達どっちの味方っ⁉」

クリムゾンは混乱するばかりの一同を一喝《いっかつ》、そして論点を整理した。喜んでいるのは分かる。他ならぬ彼女自身もそうなのだ。だがこの部分をはっきりさせない事には、話がいつまでも先へ進まない。今は多くの人間の命がかかっていた。

『どちらでもないけれど……私達はグレバナスと灰色の騎士の敵よ！　あんな華《はな》のない連中の味方はしないわ！』

『私は常に美しい花の味方だ』

エゥレクシスと真耶の返答は明快だった。そしてそれは、二人がかつての二人のまま帰って来た事の証明ともなった。だからクリムゾンは込み上げる涙と喜びを押し殺すと、これまでに倍する勢いで二人を一喝した。

「だったら手伝いなさいっ‼　遊んでるだけのあんた達とは違って、宮仕えのこっちは忙

しいのよ!!」

『……しばらく見ない間に一番キツくなったんじゃないかい、クリムゾン』

『言ってないでどんどんやっつけろー！　ぼっちゃまー！』

『君は相変わらずだねぇ、オレンジ……』

そんな宮廷魔術師団とエゥレクシス達のやりとりを、ゆりかは呆気《あっけ》にとられた様子で見守っていた。宮廷魔術師団の雰囲気《ふんいき》は少し前までとは全く違っている。明らかに元気になっており、強い意志が感じられるようになっていた。

――でもそっかぁ、わたし達だってぇ、里見さんが居なくなった時はぁ、暗くなっちゃうもんなぁ……。

その事に気付き、ゆりかはそっと微笑《ほほえ》んだ。その経緯《けいい》はどうあれ、宮廷魔術師団の友達が帰って来た事は事実だ。それを素直《すなお》に祝福するゆりかなのだった。

時間は少し戻る。ファスタからの救援要請《きゅうえんようせい》を受けたエゥレクシスは、すぐに『ゲラゥルーディス二世』を発進させた。この多目的宇宙艇が『ゲラゥルーディス二世』という名を冠《かん》している事には、二つの理由がある。単純に元になった船が『ゲラゥルーディス』であったのと、操舵《そうだ》を務める人物が伝説の女海賊《かいぞく》の性格によく似ていた為だった。

「真耶、そのまま突っ込んでくれたまえ！　対空兵器はこちらで何とかする！」

「外したら承知しないわよ、エゥル！」

この宇宙船の乗員は二人、操舵手《そうだしゅ》と砲手《ほうしゅ》だ。そして操舵手の真耶は伝説の女海賊に勝るとも劣らない女傑《じょけつ》であると思うから、砲手かつ所有者のエゥレクシスはこの船にその名を冠した。そして機体の修理と改修の後も変える必要はないと思ったから、単に二世という識別の為の数字を付け足したのだ。

「安心したまえ。現地にはコータロー君がいる。きっと青騎士《あおきし》らしく、上手くやってくれるに違いないさ！」

「そういう事を言っているんじゃないの！　貴方《あなた》もちゃんと働きなさい！　一度は天下を取ろうとした男でしょうがっ!?」

「コータロー君と一緒《いっしょ》に世界を救ったら、なんとなく満足してしまったんだよ」

「この男は……本当に馬鹿なんだからっ！」

エゥレクシスの口ぶりは本気なのか冗談《じょうだん》なのか、その辺りが常に曖昧《あいまい》だ。だが実はちゃんと仕事はしている。今も敵の兵器にレーザー砲撃《ほうげき》を加えながら、兵士達には煙幕弾を撒いている。だが常に芝居《しばい》がかった言動が、その活躍《かつやく》を感じさせないのだ。そのせいで真耶のエゥレクシスに対する評価が過剰《かじょう》に低くなっているのだが、彼はそれを楽しんでいる節があった。

「だが筋を通そうとしたご婦人が助けを待っている。不本意ながら、今日ばかりは真面目にやろうと思っているよ」

しかし今日は特別だった。命懸《いのちが》けで恩人に報《むく》いようという人間が助けを待っている。物事の善悪に関しては今一つ拘《こだわ》りがないエゥレクシスだが、人が信念を通そうという姿を美しいと感じる心は持ち合わせている。彼の弁を借りれば、花の種類に拘りはないが、その咲《さ》かせ方には拘りがあるという事になるだろう。そしてそういう花を見付けた時には、エゥレクシスの花も綺麗《きれい》に咲いているべきだと思うのだ。できれば美しい花束に見えるように。

「最初から素直にそう言えばいいのに……」

真耶は溜《た》め息《いき》交じりにそう言うと、機体のスピードを上げる。敵が近付いたせいで、誘《ゆう》導《どう》ミサイルが四発追って来ていたのだ。同時にオペレーター兼砲手席《けんほうしゅ》にいるエゥレクシスが追跡して来るミサイルを対空レーザーで迎撃する。その結果、四発のミサイルはレーザーに貫《つらぬ》かれて四散した。

「笑っていられなくなった。連中のやり口が気に入らない」

これまでとは違って、エゥレクシスは表情も言葉も厳しかった。彼が滅多《めった》に見せない本気の顔だ。彼は旧ヴァンダリオン派、とりわけグレバナスのやり口が気に入らない。彼は目的の為には手段を選ばない者達が嫌《きら》いなのだ。これまでの戦いの様子を見ていて、エゥレクシスはグレバナスが嫌いになった。だから武器の引き金に添《そ》えられた指に迷いは微塵《みじん》もなかった。

――――いつもこの顔をしてくれていたら、私も文句を言わずに済むのに……。

それがこの状態のエゥレクシスに対する、真耶の唯一《ゆいいつ》の不満だった。

「真耶、最短コースで突っ込んでくれたまえ」

「大丈夫なの？　敵の攻撃を防ぎ切れる？」

「ファスタ君が収集したデータがあるから対空兵器の位置は全て把握《はあく》している。付け加えるなら、今なら魔法による妨害がない」

「なら……行くわよエゥル！」

真耶は機体を加速させながら複雑な回避《かいひ》運動を取り始める。不思議な事に皇国軍は攻撃してきていなかったが、旧ヴァンダリオン派の方は二人を敵とみなして激しく攻撃して来ていた。周囲には先程のようなミサイルだけでなく、対空砲《たいくうほう》の砲弾《ほうだん》やレーザーが飛び交っている。真耶とエゥレクシスは協力してその隙間《すきま》を通り抜《ぬ》けていった。二人がかつての仲間達と再会したのは、その直後の事だった。

エゥレクシスと真耶がファスタを助ける場合、殆《ほとん》ど弾幕《だんまく》に飛び込んでいくような状況《じょうきょう》になる。救いは多くの対空兵器が既に沈黙《ちんもく》している事だろう。残る僅《わず》かな対空兵器に気を付けていれば、接近は決して難しくはない。歩兵達の対人武器で傷付くほど脆弱《ぜいじゃく》な機体ではないのだ。

「手伝おうか、エゥレクシス」

また有難《ありがた》い事に、エゥレクシスに助力を申し出る者がいた。誰あろう、かつての宿敵・青騎士《あおきし》だった。青騎士――孝太郎は口元に笑《え》みを浮《う》かべながら、かつての宿敵に呼び掛《か》けていた。

『こちらとしては有難い限りだがね……そんな事を言っても良いのかい？　私は今も、指名手配中の重犯罪者の筈なんだが』

「この状況では背に腹は代えられない。パープル達のアンチマジックフィールドが効いているうちに、ファスタさんとラルグウィンを連れて行け」

　本来なら孝太郎は、ファスタだけでなくエゥレクシスや真耶の事も捕《とら》えねばならない。だがこのタイミングでラルグウィンを守れるのは残念ながらその三人だ。その判断を誤ればラルグウィンはグレバナスに奪《うば》われる。その最悪の展開を避ける為に、ここは一旦《いったん》エゥレクシス達の罪に目を瞑《つぶ》るべきである――――それが孝太郎の結論だった。

『言いたい事は分かったが、後で我々が自首をしたり、彼らの身柄《みがら》を返したりするつもりはない。それでもいいのかい?』

「お前達なら、後で捕《つか》まえられる可能性が残るんだよ。だが――――」

『ラルグウィンがグレバナスに捕まれば、彼に後はない――――かい?』

「お前達もそれが分かっているから、ファスタさんに協力したんだろう?」

　かつてのエゥレクシス達なら、ファスタから依頼《いらい》されても応じなかったかもしれない。だが今の彼らであればあるいは――――孝太郎はそんな風に思っていた。

『………了解《りょうかい》した。手を貸してくれたまえ、青騎士《あおきし》君』

　エゥレクシスは否定しなかった。そしてそれは孝太郎にとっても嬉《うれ》しい事だった。

「最初から素直にそう言えよ、エゥレクシス」

『青騎士にも言われているわよ、エゥル』

『これでも重犯罪者の端《はし》くれでね、通さねばならない筋があるんだよ』

この時、エゥレクシスの口元にも笑みが浮かんでいた。それがどんな感情によるものなのか、女性である真耶には分からない。だがこの笑顔《えがお》だけはそっとしておいた方が良いものだという事は分かっていた。だから真耶は何も言わず、操艦《そうかん》に意識を集中させた。

『青騎士、地表への到着《とうちゃく》まで後三十秒！　一瞬《いっしゅん》で良いから、敵を黙《だま》らせて頂戴《ちょうだい》！』

今は絶好調のエゥレクシスと真耶だが、これから一度非常に危険な状況に陥《おちい》る。それはファスタとラルグウィンを回収する時だ。その時に機体は着陸して停止するから、無防備になってしまう。それを孝太郎達《たち》に守って貰《もら》う必要があったのだ。

「分かった！　後は任せたぞ、二人共！」

『会社の経営には失敗したが、この仕事は成功させてみせよう！』

そして着陸時の危険を回避する為に、孝太郎側とエゥレクシス側、双方《そうほう》が必要としていたのがこの時間合わせだった。それを知る為に孝太郎は二人に声を掛けたのだ。その確認が済むと、孝太郎は敵兵士の一団に狙《ねら》いを定める。彼らは離《はな》れた位置から問題の移送用の車両に攻撃を加えている。今から二十数秒以内に彼らを排除《はいじょ》すれば、エゥレクシス達がファスタとラルグウィンを回収してくれるだろう。

「付き合うわ、里見君」

そんな孝太郎の隣《となり》に真希が並ぶ。その手には珍《めずら》しく霊子《れいし》力ライフルが握《にぎ》られている。アンチマジックフィールドの影響《えいきょう》下なので、得意の魔法が使えないのだ。だが元々軍事組織出身の彼女なので、銃の扱《あつか》いに不安はなかった。

「今日は苦労をかけるね、藍華さん」

「クリムゾンが嬉しそうだから、ちょっと手伝っておいた方が良いと思って」

真希はそう言ってちらりと背後を見る。するとそこでは灰色の騎士と戦う、クリムゾンとネフィルフォランの姿が見えた。

『わはははは、どんどん行くわよ、灰色野郎《やろう》！　今日の私は一味違《ちが》うぞぉっ!!』

クリムゾンも魔法が使えない状況にある。だが手にしたビームソードを振《ふ》り回し、灰色の騎士を押していた。灰色の騎士の方も急に周囲の魔力を断《た》たれて実力が発揮出来ない状態である為、気迫《きはく》で勝るクリムゾンが圧倒《あっとう》していたのだ。それを後押《あとお》ししていたのが、少し引いた位置からビームを撃ってクリムゾンの援護《えんご》をしているネフィルフォランだった。これはクリムゾンが魔法を使えなくなっているので、この形の方が有利であるという冷静な判断によるものだった。その結果、このコンビは灰色の騎士の行動を完全に封《ふう》じ込めていた。

「なるほど、確かにそうかもな」

そんなクリムゾンの姿を見て、孝太郎は真希に同意する。クリムゾンの気持ちは孝太郎にも想像がつく。エゥレクシスが生きていたと分かった時の気持ちは、きっと孝太郎のそれよりもクリムゾンの方が大きいだろう。そこに花を添えたいという真希の気持ちは、孝太郎にもよく分かった。

「そうなると私も行くしかないわね。真耶が出てきた手前」

ジャキッ

ナナも両手で拳銃《けんじゅう》を構える。彼女の銃は魔力と霊力《れいりょく》の弾《たま》を撃ち分けられるので、この状況でも使用が可能だった。

「ナナさんは残った方が良いんじゃありませんか?」

だが孝太郎は難色を示す。実はナナの身体は魔法も使って作られているので、今の身体能力は普段《ふだん》の七割ほどまで落ちている。今の彼女は見た目通りのか弱い少女だった。

「ここは私が不慣れな新兵であっても行くべき時よ。絶対にファスタさん達を守らなくては。そうでしょう?」

だが弱ってもそこは元・天才魔法少女。進むべき道は決して見失わなかった。

「やれやれ、どいつもこいつも馬鹿ばっかりか。……行くぞ、二人共!」

孝太郎は口だけの愚痴《ぐち》を零《こぼ》すと、シグナルティンの代わりにサグラティンを引き抜く。

周囲の魔力が掻《か》き消された状況では、サグラティンの方が強いのだ。

「何処《どこ》へでもついていきます」

「援護するわ、二人で先行して！」

エゥレクシスと真耶の登場で、戦いの空気は一変していた。宮廷魔術師団《きゅうていまじゅつし》だけでなく、孝太郎達も前向きな気持ちを強めている。やはりエゥレクシスと真耶の帰還には、それだけ大きな意味があるのだった。


死者の群れの襲撃《しゅうげき》は収まったものの、旧ヴァンダリオン派の兵士達による攻撃《こうげき》が始まったせいで、ファスタとラルグウィンは移送車両から外に出る事が出来なくなっていた。もちろん移送車両への直撃弾《ちょくげきだん》はない。逃げられるぐらいなら直撃させるだろうが、今のところは車両内への足止めが出来ればいいのだ。だから銃弾が装甲《そうこう》を叩《たた》く事はあっても、砲撃が命中する事はなかった。

――――戦闘《せんとう》用の装備を施《ほどこ》してあるとはいえ、果たしてこの状況で彼《かれ》らはここに降りられるのだろうか……。

ファスタの最後の希望は接近中の運び屋の宇宙船だった。調達屋の仲介《ちゅうかい》で出会った二人だが、その腕《うで》は確かだという。だがそうであっても、この攻撃の嵐《あらし》の中に降りてくれるのかどうか——ファスタにはその部分に自信が持てなかった。

「落ち着けファスタ。なるようになる」

「しかしラルグウィン様——」

「お前はよくやっている。こうなっているのは戦いを捨てられなかった俺《おれ》のせいだ。そして俺は敵ではなく時間に敗れた。お前のせいではない。お前に落ち度があるとすれば、こうして俺を助けに来た事だろう」

「……何処にでもお助けに参上致《いた》します」

「分かっている。お前は俺と同じタイプだ。そこに文句は無い。しかし不可能に近い事に挑《いど》んでいるという事実は認識しろ。そもそもチャンスは乏《とぼ》しい筈だ。だからこそ焦《あせ》らずに待て。そうしないとチャンスが巡ってきた時に掴《つか》めなくなる」

「ラルグウィン様……はい、肝《きも》に銘《めい》じます」

焦って空回りを始めつつあったファスタの心は、ラルグウィンの言葉で落ち着きを取り戻した。そしてその言葉に含《ふく》まれていた、言外の赦《ゆる》しにファスタは救われたような気がしていた。

ピー

『ファスタ君、聞こえるかね？』

そんな時、通信機から聞き覚えのある声が聞こえて来た。それは先程《さきほど》ファスタが救援《きゅうえん》を求めた運び屋の声だった。

「聞こえているぞ、運び屋」

『今から十五秒後にそこへ強行着陸する。急いで乗ってくれたまえ』

「この弾幕の中に降りるつもりか!?」

『心配ない！　我らの英雄《えいゆう》が奇跡《きせき》を起こしてくれるからね！』

「英雄だと……？」

その瞬間、ファスタは気付いた。周囲が静かになっている。あれだけ続いていた爆発や銃弾が装甲を叩く音が遠ざかっていた。何故《なぜ》か、近くに着弾《ちゃくだん》が無くなっていたのだ。

ゴォォォォォォッ

代わりに聞こえて来たのは、上空から接近してくる逆噴射《ぎゃくふんしゃ》の音。それはやがて彼女が乗っている移送用車両を揺らし始めた。

「わかった、すぐに行く！　ラルグウィン様！」

「任せる！　お前のタイミングで出ろ！」

「はいっ!」

ファスタは自分の目で状況が確認出来た訳ではなかった。だが確認の暇《ひま》はなく、賭《か》けるしかなかった。だが彼女は信じていた。先程ラルグウィンが言っていたチャンスが、巡って来たに違いないと。

グレバナスがアンチマジックフィールドの領域外に出るよりも早く、深紅の宇宙船はラルグウィンのもとへ辿《たど》り着いていた。それによってグレバナスの目論見《もくろみ》は脆《もろ》くも打ち砕《くだ》かれた。青騎士《あおきし》によって兵士達の攻撃は沈黙し、ラルグウィンとファスタは宇宙船に乗り込《こ》んでいく。それをグレバナスは遠くから眺《なが》めている事しか出来なかった。

『後退するぞ灰色の騎士! 宇宙戦艦で奴《やつ》らを追う!』

この機に至ってもなお、グレバナスはラルグウィンの奪取《だっしゅ》を諦《あきら》めなかった。その声は激しい怒《いか》りに震《ふる》えていて、聞く者に狂気《きょうき》さえ感じさせた。

『……………承知した。すぐに迎えに行く』

それは普段通り淡々《たんたん》としている灰色の騎士とは対照的だった。だが灰色の騎士も後退に異論はなかった。既に計画が崩壊《ほうかい》しているのは明白だ。ラルグウィン達が飛び立とうとしている今、これ以上この場に留《とど》まるのは無意味だった。

『ふざけるなよラルグウィン！　良い気になるなよ青騎士《あおきし》ィ！　長い時を経て、ようやくここまで来たのだ！　もう少しでマクスファーン様を呼び戻《もど》せるのだ！　そのチャンスをこんな事で失ってたまるものかぁっ!!』

通常の軍事作戦であれば、この時点で諦めて撤退《てったい》するような状況だった。敵の首都の上空で別の敵の追跡《ついせき》など、正気の沙汰《さた》ではない。だがグレバナスには撤退の意思はない。マクスファーンの復活の為に、ここでどれだけ多くの犠牲《ぎせい》を出そうと、ラルグウィンの奪取には成功しなければならないのだった。

それぞれの賭け　十二月十二日(金)

ラルグウィンとファスタを乗せた『ゲラゥルーディス二世』が飛び立った後、それでもなおグレバナスが追跡を諦めなかった事は孝太郎《こうたろう》にとって意外なものだった。どう考えても戦略的に有り得ない選択《せんたく》に思えたのだ。

「何故グレバナスはなおも戦おうとする⁉　ここで全滅《ぜんめつ》しても良いというのか⁉」

このタイミングならば旧ヴァンダリオン派の兵士達《たち》を脱出《だっしゅつ》させる事も可能だった。市街地が近過ぎてティアが攻《せ》め切れなかった事もあり、宇宙戦艦《せんかん》が健在だ。また孝太郎達は『ゲラゥルーディス二世』を追う必要があったし、グレバナスと灰色の騎士も無事だ。脱出の可能性は十分にあった。にもかかわらず、彼らはそうしなかった。宇宙戦艦はグレバナスと灰色の騎士を収容すると、『ゲラゥルーディス二世』を追い始めたのだ。この選択は狂気そのものだと言える。そもそもグレバナスと灰色の騎士を急いで収容する為に多くの兵を失っていたし、宇宙戦艦はほぼ脱出の機会を失う。これは『葉隠《はがくれ》』だけでなく援軍《えんぐん》の皇国軍の宇宙戦艦が追って来るからだ。つまり彼らは全滅する。それは孝太郎には到底《とうてい》理解出来ない行動だった。

『恐《おそ》らくグレバナスには後がないのだ。ここで負ければ主導的な立場を失い、しかもラルグウィンを連れ戻すという題目を失って旧ヴァンダリオン派は瓦解《がかい》する。その後の分裂《ぶんれつ》して細分化した組織では、再びラルグウィンの奪還《だっかん》を目指すのは難しい。チャンスは今、この瞬間《しゅんかん》しか残されていない。だから犠牲を減らす事など考えている余裕が無いのだ』

キリハにもグレバナスの選択は基本的に理解出来ないものだった。だがもし孝太郎が死にかけていたら、そして孝太郎を生かす唯一のチャンスが追跡の続行であったなら、キリハは自分にグレバナスとは違う選択が出来るかどうかの自信がなかった。

「ともかくキリハさん達はそのまま追ってくれ！　俺《おれ》達もすぐに追いかける！」

『了解した』

グレバナスの気持ちは分からなくとも、放ってはおけない。孝太郎はキリハ達が乗っている『葉隠』をそのまま先行させ、自分達は交戦中の敵を排除出来次第《しだい》、クランの『揺《ゆ》り籠《かご》』で追うつもりだった。

『ベルトリオン、一分後にそちらへ到着致《とうちゃくいた》しますわ！』

「間に合ってくれよ……あいつらが捕まっちまう前に何とか……」

以前と同じなら、『ゲラゥルーディス二世』は相当に高性能な宇宙用戦闘艦だ。だがそれはあくまで同クラスの戦闘用艦艇《かんてい》と比べた場合の話だ。機体のサイズ的に、宇宙戦艦の追跡をかわせる程《ほど》の性能があるとは考え難い。『ゲラゥルーディス二世』はあくまで数人乗りの戦闘艦であるから、長距離《ちょうきょり》の空間歪曲《わいきょく》航法は使えず、ジャミングやステルスの性能は宇宙戦艦のセンサーを騙《だま》せるほどには高くない筈《はず》だ。その性能差を踏《ふ》まえると、『ゲラゥルーディス二世』がグレバナスの追跡を振り切れるとは思えなかった。

孝太郎はそうやって『ゲラゥルーディス二世』の不利を想定していたのだが、実際のところはそれ以上に不利な状況にあった。

「エゥル、困った事になったわ。ジェネレーターの出力が安定しないの」

操舵手の真耶《まや》は顔をしかめてそう報告した。彼女の身体《からだ》はナナと同様に大半が人工物に置き換《か》えられているが、それを逆手に取って身体のシステムを船の操舵システムに直結している。だから彼女は何も見なくても船のダメージが分かる。心臓が不規則に脈打っている感覚は、動力の不調を示す合図だった。

「流石《さすが》にあの状況で完全に無傷という訳にはいかなかったようだね」

エゥレクシスはすぐにその原因に思い至る。『ゲラゥルーディス二世』は脱出の際、船体にダメージを負っていた。孝太郎達が頑張《がんば》ってくれていたものの、やはり全ての攻撃を防ぐまでには至らなかったのだ。そのダメージは深刻なものであり、速度が上がらなくなっている。そんな状況に至り、ファスタは決断した。

「……仕方がない。運び屋、後を頼《たの》む」

ファスタはそう言うと座席を立ち上がった。その時点でエゥレクシスは彼女の意図を察していた。

「良いのかい、ファスタ君?」

「他に方法は無い」

「わかった。君の望む通りにしよう」

ガシャンッ
エゥレクシスはコンピューターを操作して後部デッキへ続くハッチを解放した。ファスタは足早にハッチへと向かう。

「待てファスタ、一体何をするつもりだ!?」

「私が囮《おとり》になります。ラルグヴィン様はこのまま彼らとお逃《に》げ下さい」

船速が低下しているこの状況では、何の犠牲も無しに逃げられるとは思えなかった。そこでファスタは『ゲラゥルーディス二世』を離れ、彼女が囮になっている間にラルグヴィンを逃がそうと考えた。だが当のラルグヴィンはそれを望まなかった。

「止めろ！　一人では死にに行くようなものだぞ！」

ラルグヴィンはファスタを止めたかった。だがまだ薬は切れておらず、身体は思い通りに動いてくれない。そしてPAFはファスタの命令通り、その場に停止して動かない。この時ラルグヴィンに出来たのは、言葉で制止する事だけだった。

「問題ありません。こうなってしまえば、勝つ必要はありませんから」

ファスタはそう言ってそっと微笑んだ。彼女としてはここまで出来れば十分だった。そもそも分の悪い賭けだったのだ。だから最初から自分が生きて帰れない覚悟《かくご》はしていた。加えてラルグヴィンに逆らい、多くの仲間を危険に晒《さら》したという事もある。自分の責任を清算する時がやって来たのだ――ファスタはそんな風に考えていた。

「命令だファスタ！　そんな事は止めるんだ！」

「その命令は聞けません。私はもう、ラルグヴィン様の部下ではありませんから」

なおも止めようとするラルグヴィンに背を向け、ファスタはコックピットを後にした。

未練が無いと言ったら嘘《うそ》になる。だがどうしても必要な事だった。最悪でも孝太郎達が来るまでの時間を稼《かせ》がねばならなかった。

この『ゲラゥルーディス二世』は多目的宇宙艇《てい》なので、機体後部には大きな格納庫がある。普段はそこに物資を詰《つ》め込み、辺境の航路を飛び回っている。エゥレクシスと真耶が運び屋と呼ばれているのは、単なるコードネームなどではなく、本当に運送業を営んでいるからなのだ。だが今日は格納庫に物資は積まれていない。代わりに積まれているのは二人乗りの陸上用車両だった。それは走る場所を選ばない四輪のオフロード車で、空間歪曲技術により短時間なら空中浮遊《ふゆう》が可能という便利な機能が付いている。車体が小さい事も相まって、山林を走るのに適した乗り物だった。

「開けてくれ、運び屋」

『了解、後部ハッチを開放する』

ファスタが車に乗り込むと、格納庫の後部ハッチが開き始めた。すると外から風が吹き込み、車体を揺らし始める。ハッチの向こう側には澄《す》んだ青空が見え、眼下には豊かな山林が広がっている。『ゲラゥルーディス二世』は既《すで》にフォルノーンを離れ、周辺の山の上を飛行中だった。山陰《やまかげ》に入ったので旧ヴァンダリオン派の宇宙戦艦は一時的に見えなくなっている。出発には絶好のタイミングだった。

「空間歪曲場を展開」

だがファスタが車のコンピューターを操作すると、その揺れがぴたりと収まった。空間歪曲場が車を覆《おお》い、風から守っているのだ。

『よし、固定具を解除する』

「短い間だったが、世話になった。ラルグウィン様を頼む」

『任せてくれたまえ。約束は守る主義だ』

「発進するぞ！」

短い別れの言葉を交《か》わすと、ファスタは車のアクセルを踏み込んだ。動力はさほど大きくはないが、車体が軽い。おかげで車は弾《はじ》かれたかのように格納庫から飛び出した。普通《ふつう》ならそのまま落下していくような状況だが、車体を覆う歪曲場のおかげで風船のようにゆっくりと降下していく。車輪は程なく大地を噛《か》み、勢いよく走り出した。

「よし」

降下には無事成功した。ファスタが見上げると『ゲラゥルーディス二世』が高度を下げながらゆっくりと離れていく。

――――どうかご無事で、ラルグウィン様……。

ファスタはそれを黙って見送ると、車を反転させた。同じ方向には行かない。彼女《かのじょ》の役目は、この車で山林を走り回って囮になる事だった。

ファスタを見送った少し後、『ゲラゥルーディス二世』もその高度を下げて着陸した。そしてエゥレクシス達はそこで船を降りた。船足の鈍《にぶ》った『ゲラゥルーディス二世』で逃げ続けるよりも、徒歩で森の中を行く方が逃げやすいと考えたからだ。それに無人となった『ゲラゥルーディス二世』自体も囮に使える。こうすれば孝太郎達がグレバナスに追い付く為《ため》に必要な時間を稼げるだろうという判断だった。

「この先に山小屋があるんだ。事前に用意したセーフハウスだよ。そこで連中をやり過ごそう」

エゥレクシスはそう言って森の奥《おく》を指し示した。『ゲラゥルーディス二世』から降りた三人は、森の中にある細い獣道《けものみち》を進んでいく。船を降りてから既に十数分の時間が経過していたが、まだ追手の気配はない。旧ヴァンダリオン派は囮に引っ掛かり、彼らがいる辺りにはまだ捜索《そうさく》の手が及《およ》んでいないのだ。『ゲラゥルーディス二世』を追うグレバナス達の宇宙戦艦が一度上空を通り過ぎたが、その後は静かなものだった。

「……運び屋、ファスタは？」

「まだ無事だよ。ポジションシグナルは今も移動を続けている」

エゥレクシスが身に付けているコンピューターを操作すると、地図上にファスタを乗せた車の位置を示す緑色の光点が表示された。車はこれまでと同じく移動を続けていた。

――だが追われてはいるようだな……。

ラルグウィンには伝えなかったが、車両のポジションシグナルは微妙《びみょう》に蛇行《だこう》していた。また時折大きくその向きを変える。こうした事からすると、ファスタが銃撃《じゅうげき》をかわしながら逃げ続けているであろう事は想像に難《かた》くなかった。そして恐らく、追い詰められつつある事も。彼女の向かう先には、崖《がけ》や谷といった、通行が困難な地形が待ち受けている。敵はそうした地形に彼女を追い込もうとしていた。

――コータロー君達は間に合わなかったか……。

エゥレクシスは孝太郎達が追い付けば、ファスタも逃げ切れる可能性があると踏んでいた。しかし残念ながらそうはならなかった。とはいえファスタの頑張りのおかげで彼らは無事に隠《かく》れ場所《ばしょ》へ辿り着こうとしている。エゥレクシスは彼女の無事を祈《いの》りつつ――その可能性が低い事は知っているがそれでも――先に立って歩き続けた。

その頃《ころ》ファスタはエゥレクシスが想像した通りの状況にあった。彼女を乗せた車は旧ヴァンダリオン派の艦艇の追跡を受けていた。唯一幸運だったのは、追跡して来るのが宇宙戦艦ではない事だった。宇宙戦艦は山一つ向こうで『葉隠』と交戦中だった。追って来ているのは宇宙戦艦に搭載《とうさい》されていた戦闘艦《せんとうかん》の一つで、クランの『揺り籠』に近い代物《しろもの》だ。もちろん装備は『揺り籠』よりも戦闘寄りになっているので、先程から様々な武器で繰《く》り返し攻撃を受けている。そして恐らく、同じものは『ゲラゥルーディス二世』の事も追っているに違いなかった。

「………どうやらまだ騙されてくれているようだな………」

大きくハンドルを切りながら、ファスタはちらりと助手席に目をやった。そこにはラルグウィンが座《すわ》っている。だがもちろん本物ではない。エゥレクシスが事前に用意した立体映像だった。こうして囮に使うかどうかはともかく、こういうものが必要になる場合に備えていたのだ。おかげで旧ヴァンダリオン派の攻撃は今一つ精彩《せいさい》を欠いている。ラルグウィンが死んでしまうような攻撃は出来ないのだ。それは裏を返せば、まだこの囮作戦に引っ掛かってくれているという保証ともなるだろう。

ビキンッ

その時、車体の構造を強化しているフレームが折れた。それは丁度ファスタの頭上にある部分だ。追手の戦闘艦はラルグウィンを殺したくない事情から武器の使い方が遠慮《えんりょ》がちなのだが、一つだけ大胆《だいたん》に撃《う》ってくる武器があった。それはレーザー砲《ほう》だ。コンピューターで適切に制御《せいぎょ》してやればラルグウィンに当たる事はないし、爆発《ばくはつ》も起こり難い。これまで何度かファスタをひやりとさせる攻撃があったが、その殆どがこのレーザー砲によるものだった。なお悪い事に、戦闘艦の人工知能がファスタと車の動きを学習しつつあり、次第に狙いが正確になってきている。ファスタは少しずつ追い詰められていた。

『そろそろ諦めてラルグウィン殿《どの》を引き渡《わた》して頂けませんか？』

「………」

通信機からは時折グレバナスの声が聞こえて来る。だがファスタは沈黙したまま何も答えていない。話したくないのはもちろんだが、下手に答えてラルグウィンが偽物《にせもの》だと気付かれるのも困る。ファスタだけが答え続けるのは奇妙《きみょう》なのだ。

『まあ、よろしいでしょう。その忠誠心、分からないではありませんからねぇ』

今のグレバナスからは先程までのような狂気は感じられない。その瞳《ひとみ》に激しい執念《しゅうねん》を燃やしつつも、落ち着きは取り戻しているようだ。ラルグウィンを追い詰めつつあるという事実がそうさせるのだろう。

――――あの顔が再び狂気に染まるところを見られないのは残念だが……。

もしラルグウィンが偽物だと分かれば、グレバナスは再び激怒《げきど》するだろう。だがきっとファスタがそれを見る事はないだろう。その時にはファスタは無事ではないだろうからだった。

『撃ち込んでやれ！　多少ラルグウィン殿が傷付いても構わん！　たかだか怪我《けが》の一つや二つ、私が幾《いく》らでも治してみせよう！』

バンッ
レーザー砲による攻撃を受け、車のタイヤの一つが吹《ふ》き飛んだ。それは容赦《ようしゃ》のない、直撃弾だった。

「しまった――――」

突然《とつぜん》タイヤを一つ失った事で、車は大きくバランスを崩《くず》し、車体全体が宙に投げ出された。ファスタは咄嗟《とっさ》に空間歪曲場を展開して車を安定させようとしたが、勢いが有り過ぎて上手《うま》くいかなかった。そのまま車は大地に叩き付けられる。その激しい衝撃《しょうげき》がファスタを襲《おそ》った。

『フハハハハハハハッ！　これでは少し怪我が大き過ぎるかもしれませんねぇ！』

意識が暗闇《くらやみ》へと落ち込んでいく中、ファスタが最後に聞いたのは、残念ながらグレバナスの耳障《みみざわ》りな笑い声だった。


山林を三十分も歩いた頃、エゥレクシス達三人は隠れ場所――いわゆるセーフハウスに辿り着いた。この建物は森の中の目立たない場所に建てられており、すぐに見つかる心配はなかった。食料や水も十分に確保されており、外との接触《せっしょく》を断ったまましばらく生活が可能だった。

「ラルグウィン、たった今、ファスタ君の車両のシグナルが消えたよ」

「そうか……残念だ……」

ラルグウィンは肩《かた》を落とした。ファスタは自らに課した役目を完全にやり遂《と》げた。ラルグウィンをグレバナス達から引き離し、その上で皇国軍から奪還した。グレバナス達から追跡は受けたものの、囮となって見事にラルグウィンを逃がしている。理想を言えば、この場所に彼女も居て欲《ほ》しかった。だがそれが高望みである事は、他ならぬラルグウィン自身が一番よく知っていた。

「皇国に牙《きば》を剥《む》いた割に、あの娘《むすめ》一人に随分拘《ずいぶんこだわ》るんだね、ラルグウィン」

「皇国と戦ったのは恩人への恩返しの為だ。だがファスタは別の恩人の娘なのだ」

ラルグウィンが戦ったのは、叔父《おじ》のヴァンダリオンを勝たせる為だった。その死後は代わりに勝利する事を目指した。決して自分の為ではなかったのだ。そしてファスタはラルグウィンが新兵時代に世話になった恩人の娘だ。彼女を守ろうとするのも、やはり自分の為ではないのだった。

「……………君はきっと、生まれる家を間違《まちが》えたんだ。私も似たようなものだけどね」

「そういえばそうだったな、DKIの御曹司《おんぞうし》」

「今は元だよ。DKIはコータロー君に取られてしまったのでね」

エゥレクシスがそう言って肩を竦《すく》めた時の事だった。

ピピピッ

部屋に小さな電子音が響《ひび》き渡った。それは部屋の片隅《かたすみ》に置かれている通信機が着信を伝える合図だった。

「一体誰《だれ》から……」

　これまでは黙って二人のやり取りに耳を傾《かたむ》けていた真耶だったが、厳しい表情で通信機に近付いていく。真耶は嫌《いや》な予感がしていた。この場所に通信を入れる者などいない筈なのだ。そして彼女は慎重《しんちょう》にそのスイッチを入れた。

『……久しぶりですな、ラルグヴィン殿』

「グレバナス⁉　一体何の用だ⁉」

『用件はお分かりの筈です。我々の下へ戻ってきて下さいませんか？』

「そのつもりはない」

　グレバナスの要求を、ラルグヴィンはきっぱりと断った。状況は分かっている。彼の真の狙いも。生贄《いけにえ》にされると分かっているのに、無策に戻る程ラルグヴィンは呑気《のんき》ではなかった。

『もちろんタダでとは申しませんよ。彼女の身柄と引き換えです』

　グレバナスは自身の背後を指し示す。ラルグヴィンは目を見張った。そこには力なく横たわるファスタの姿があった。

「ファスタ！」

『先程思わぬ場所で再会しましてねぇ。こちらにご招待した次第です』

「ファスタを解放しろ！」

『そうお望みなら、それでも構いませんが……貴方《あなた》と再会なさる前に死ぬでしょうな。この通り、手当てはしておりませんのでねぇ』

ファスタの身体は赤い水溜《みずたま》りに浸《つ》かっている。それは彼女自身の血液だ。車両が破壊《はかい》された時に、大怪我《おおけが》を負ったのだ。そしてその手当てが施されていない。その命は風前の灯《ともし》火《び》だった。それに気付いたラルグウィンは激昂《げきこう》した。

「捕虜《ほりょ》の権利ぐらい守ったらどうだ⁉」

『そうはいっても、彼女はもう兵士ではないそうじゃありませんか。彼女は法的にはただのテロリスト。殺していないだけでも感謝して欲しいところです』

グレバナスは楽しそうに笑っていた。だがその内心では密《ひそ》かに安堵《あんど》していた。

――やはりこの小娘《こむすめ》はラルグウィンにとって特別な人間であったか……危ないところだった……。

ファスタと『ゲラゥルーディス二世』、二つの囮に引っ掛《か》かった時点で、流石のグレバナスももう駄目《だめ》かと諦めかけた。そんなグレバナスが最後に賭けたのが、ファスタを人質《ひとじち》に取る事だった。これまでの様子から可能性はなくはないと踏んでいたのだが、確信はなかった。だからこうして実際にラルグウィンの反応を見て、やはり人の子であったかと胸を撫《な》で下ろしていた。

「分かった、その条件を呑《の》もう。何処へ行けばいい？」

『すぐに座標を送ります。それと彼女の手当てもしておきましょう』

通信が切れる。結局、ラルグウィンはグレバナスの要求を呑んだ。彼にはそれ以外に道はなかった。だがエゥレクシスには異論があった。

「駄目だラルグウィン！　行ったらどうなるか分かっているのだろう⁉」

「だが行かねばファスタが死ぬ」

「それほどまでに彼女が大事なのか⁉」

「そうだ。あいつが命懸《いのちが》けで俺を守ったように、俺もあいつを守るのだ」

「ラルグウィン……分かった。これも何かの縁《えん》だ。最後まで付き合おう」

もしも真耶が――今のエゥレクシスには、そういう風に考える事が出来る。だから最終的には彼もラルグウィンの言葉に従った。

グレバナスが会う場所として指定してきたのは、森の中を走る二車線の道路、その交差点だった。他には道がないので、確かにその場所は遠くからでも良く目立った。既にグレバナス達はやって来ているようで、その場所には戦闘艦が停泊《ていはく》していた。

「妙《みょう》だな。連中は何故あんな船で来たのか」

「ラルグウィン、例の宇宙戦艦は青騎士達《あおきしたち》と交戦中のようだ」

「グレバナスめ、何もかも犠牲にするつもりか……」

「それで身体の調子はどうなの、ラルグウィン？」

「ようやく思い通りに動くようになった。本調子ではないがね」

「そのままＰＡＦを使っていた方が良いだろうね」

エゥレクシスはそう言いながら拳銃をラルグウィンに手渡《てわた》す。

「ああ、そのつもりだ」

拳銃を受け取ったラルグウィンは慣れた手つきでその動作を確認《かくにん》した後、懐《ふところ》に入れる。ラルグウィンは素直《すなお》に取引に応じるつもりなどなかった。応じるふりをして、ファスタを救い出すつもりでいたのだ。

「分かっているとは思うけど、勝算は低いわよ。相手があの大魔法使《まほうつか》いでは……」

真耶はファスタを無事に救い出せる可能性は殆《ほとん》ど無いと考えていた。伝説の大魔法使いが伝説通りの力を持っているなら、出し抜《ぬ》けるとは思えなかったから。

「その時はその時だ。単に、このまま逃げ出すという選択肢《せんたくし》はないというだけの話だ」

「気持ちは分からなくはないよ」

「………行くぞ、運び屋」

「ああ。やれやれ、また貧乏籤《びんぼうくじ》を引いたかな……？」

ラルグウィンを先頭にして、三人はゆっくりと交差点に近付いていく。そこにはグレバナスと灰色の騎士、そして意識のないファスタの姿があった。彼女は近くの樹木に寄り掛かるようにして座らされていた。

――運び屋。

ラルグウィンはちらりと後ろを振《ふ》り返り、エゥレクシスに目で合図を送る。ファスタの事はエゥレクシス達に任せるつもりだった。するとエゥレクシスはラルグウィンに無言で頷《うなず》き返した。

『素直においで頂けて助かりましたよ、ラルグウィン殿』

グレバナスは近付いて来たラルグウィンに笑顔《えがお》を向ける。だがその干乾《ひから》びた顔から笑顔を読み取るのは難しい。

「またお前の醜《みにく》い顔を見る事になるとはな、グレバナス」

実際、相対するラルグウィンはそれを笑顔だとは思っていなかった。感じていたのは獲《え》物《もの》を追い詰める事に喜びを見出《みいだ》す、邪悪《じゃあく》な気配だけだった。

『これは手厳しい』

「ファスタは生きているんだろうな？」

『ええ。それが取り引きの条件ですからねぇ』

　パキン

　グレバナスは背後を振り返りながら、その枯《か》れ枝《えだ》のような指を鳴らす。それはやはり乾《かん》燥《そう》した木の枝を叩き合わせたかのような、乾《かわ》いた音だった。

「う……………うぅ………」

　その音をきっかけにファスタが動き出した。小さな呻《うめ》き声と共に、その頭が僅《わず》かに揺れる。彼女の意識を奪《うば》っていた魔法《まほう》が解除されたのだ。

「ファスタ」

「ラ、ラルグウィン、さま………？　ここは、いったい………私は………？」

　ファスタの最後の記憶《きおく》は、乗っていた車両が被弾《ひだん》して破壊された時の事だった。なのにまだ生きていて、逃がした筈のラルグウィンが目の前に立っている。状況《じょうきょう》が読めず、ファスタは混乱していた。

「詳《くわ》しい話は後回しだ。立てるか？」

「は、はい………」

ファスタは寄り掛かっていた木に手を付いて立ち上がった。するとその瞬間、身体に激痛が走り、ファスタは顔をしかめる。手当てはされているが、身体は傷だらけだった。

『おおっと、そこまでです。こちらはきちんと約束を守りました。今度は貴方が約束を守る番です』

「分かっている。………運び屋、ファスタに何か細工はされていないか？」

「………治療《ちりょう》は施《ほどこ》されているようだけど、その手の気配はないわ」

その手の気配というのは魔法の事だ。身体が機械化されて魔法の能力は大きく損《そこ》なわれている真耶だが、魔力《まりょく》を見る能力は健在だった。

「そうか。………グレバナス、今からそちらへ向かう。ファスタをこちらに歩かせろ」

『さあ行きなさい。お前はもう自由だ、娘よ』

そしてこの時のやり取りを聞いて、ファスタは今がどういう状況なのかを理解した。ラルグウィンはファスタを助ける為に、身代わりになろうとしているのだ、と。

「いけません、ラルグウィン様！　こいつらの目的は———」

「話は後だと言っているだろう。お前は運び屋の所へ行くんだ」

「ラル———」

ファスタはなおも反論しようとしたが、その途中《とちゅう》で気が付いた。ラルグウィンの目は、これから犠牲になろうという人間のものではない。いつも通りの、冷静で強い意志の籠《こも》った目だった。

――――ラルグウィン様は何かをしようとしている……ならば……。

「……分かりました」

ファスタは反論を止《や》め、言われるままに歩き始めた。下手に騒《さわ》いでラルグウィンの邪魔《じゃま》をするのは賢《かしこ》いやり方ではない。二人で帰る可能性が少しでもあるならと、彼女はラルグウィンを心配する気持ちを必死に抑《おさ》え込んで歩き続けた。

「……グレバナス、連中は何かを企《たくら》んでいるぞ？」

『でしょうな。そうでなければあまりに無能というもの。さあ、どう出る……？』

灰色の騎士もグレバナスも、ラルグウィンが何かをしようとしている事には気付いている。立場が逆なら絶対にそうするからだ。だから二人は油断なく周囲の様子を窺《うかが》っていた。そうやって多くの者が見守る中、ラルグウィンとファスタの距離《きょり》はゆっくりと縮まっていく。ファスタは傷のせいで歩みが遅《おそ》い。中間地点にはラルグウィンの方が先に辿り着いた。そして遅《おく》れて到着《とうちゃく》したファスタに、ラルグウィンは小声で囁《ささや》いた。

「……これから何があっても振り向かず、真《ま》っ直《す》ぐに歩き続けろ……」

「ラルグウィン様？」

「いいな？」

「……はい」

そしてラルグウィンとファスタはすれ違《ちが》った。すると今度は二人の距離が少しずつ離《はな》れていく。

――何かがおかしい……娘を連れて後退しようとすると踏んでいたが……。

グレバナスはラルグウィンが何かをするならファスタとの距離が詰まったその一瞬《いっしゅん》であると考えていた。その一瞬に備えて魔法を発動させる準備までしていた。だがその一瞬は何事もなく通り過ぎた。その事にグレバナスが戸惑《とまど》った、その時だった。

「グレバナス、お前は確かに幾多《いくた》の戦いを潜《くぐ》り抜けた大魔法使いだ。勝つ為にはどんな事でもやる覚悟もある。だがお前は分かっていない。真に勝つ為に何でもやるというのは、こういう事だ！」

ラルグウィンは懐から銃《じゅう》を引き抜いた。それを見たグレバナスは彼《かれ》を嘲笑《ちょうしょう》した。

『そんなものが勝つ為の手段か!? 見損《みそこ》なったぞ、ラルグウィ――馬鹿なっ!?』

だがその嘲笑はすぐに絶望へ変わった。ラルグウィンが取り出した拳銃《けんじゅう》、その銃口《じゅうこう》が向いた先はなんとラルグウィン自身の頭だった。

『やめるのだラルグウィン!!　お前の命はお前だけのものではないのだぞ!?』

「残念だったな、グレバナス！　お前の願いは決して叶《かな》わぬ！」

ドンッ
その瞬間、引き金は無造作に引かれた。銃弾《じゅうだん》は発射され、真っ赤な血液が辺りに飛び散る。そしてラルグウィンの身体はゆっくりと倒《たお》れていった。その光景を目にしたグレバナスは思わず走り出していた。

『マクスファーン様っ!!　おおおおおっ、マクスファーンさまぁぁぁぁ!!』

グレバナスにとって、何が一番の弱点だろうか――――その答えは明らかだった。生《い》け贄《にえ》にする筈のラルグウィンの身体を、破壊してしまう事だ。宿るべき肉体、特に頭が損壊《そんかい》してしまえば、そこにマクスファーンの魂《たましい》を定着させる事が出来なくなる。グレバナスが開発した『廃棄物《はいきぶつ》』を使った肉体再生技術も、複雑な脳神経系の再生までは出来ない。形を再現すればいい腕《うで》の再生などとは根本的に違うのだ。だからこの時、グレバナスにはラルグウィンの死がマクスファーンの死に感じられていた。半狂乱《はんきょうらん》になり、その遺体に駆《か》け寄る事しか考えなかった。

「今だ、ゆりか！」

「リコールプレキャスト・テレポート！」

そしてグレバナスが大魔法使いではなくなっている一瞬を待っていたのが孝太郎だった。孝太郎はゆりかの魔法によって一気に接近すると、シグナルティンでグレバナスに斬《き》りかかった。

「だあぁぁぁぁぁぁぁぁぁぁっ‼」

作戦を立てたのはラルグウィンだった。宮廷魔術師《きゅうていまじゅつし》団経由で情報を流したのはエゥレクシスだ。問題はただ一つ、孝太郎達《たち》がこのタイミングで近くまで来ているかどうかだった。もし孝太郎達が宇宙戦艦との戦いに戦力を集中させていたら全ては御破算《ごはさん》だった。それだけはラルグウィンの大きな賭《か》けだった。

『……青騎士《あおきし》だとぉっ⁉』

そしてラルグウィンはその賭けに勝った。孝太郎達はグレバナスが宇宙戦艦に乗っていない事に気付いてきちんと後を追って来てくれていた。孝太郎が斬りかかったタイミングは完璧《かんぺき》だった。グレバナスの意識は完全に倒れたラルグウィンへ集中していたので警戒《けいかい》も防御《ぼうぎょ》も全く出来ていなかった。

ザンッ

咄嗟に身を守ろうとしたグレバナスの左腕《ひだりうで》が切り落とされた。地面に落ちた左腕は分解され、まるで最初から何もなかったかのように消えていく。孝太郎の攻撃《こうげき》はそれだけでは終わらない。今度はグレバナスそのものを両断せんと再び剣《けん》を振るった。

ガキィンッ

だがその必殺の一撃《いちげき》は灰色の騎士の剣によって防がれた。グレバナスとは違って、灰色の騎士はラルグウィンの行動に心を乱されなかった。それは灰色の騎士にとっては思い入れの無い人間の死でしかなかったから。だからその先の事を考える余裕《よゆう》もあった。奇襲《きしゅう》の為の陽動――――そこに気付いたおかげで、孝太郎の二撃目は防がれたのだ。

「くっ、灰色の騎士かっ！　おいっ、手伝えぼっちゃま！」

「その呼び方は止めてくれたまえ！　コータロー君！」

エゥレクシスは手にしていたライフルを灰色の騎士とグレバナスに向けて連射した。

キンッ、キンキンッ

流石の灰色の騎士もこの時はグレバナスと自分を守るので精一杯《せいいっぱい》だった。彼は混沌《こんとん》の力を強めて銃弾を弾《はじ》き飛ばした。その隙《すき》に真耶がファスタを連れて後退。残る問題は倒れたままのラルグウィンだった。

「いつまで寝《ね》てるラルグウィンッ！　さっさと後退するぞ！」

エゥレクシスが牽制《けんせい》している隙に、孝太郎は倒れているラルグウィンの手を掴《つか》んだ。すると驚《おどろ》いた事に、その手は孝太郎の手を握《にぎ》り返した。

「よく来てくれた青騎士《あおきし》！」

「やっぱり、お前みたいな奴《やつ》が一番危ないんだよ」

『いっ、生きていたのかラルグウィンッ！』

「自殺などまともな作戦とは呼べん。しくじったな、グレバナス」

『くっ、くそぉぉっ!!』

グレバナスはここでようやくラルグウィンに騙された事を悟《さと》った。ラルグウィンは自殺などしていなかった。銃に入っていた弾《たま》はペイント弾。死んだように見せかける為に使ったおもちゃだった。普段《ふだん》のグレバナスなら騙されなかったかもしれない。だがこの大詰《おおづ》めの王手がかかった状態では、ほんの少しだけ心に隙が出来てしまった。人々からは大魔法使いと呼ばれて恐《おそ》れられ、更《さら》に身体は不死者に転じたものの、それでも僅かに残っていたグレバナスの人間的な弱さだった。

『だがお前がそのつもりなら、こちらにも考えがある！』

だがこの時の屈辱《くつじょく》とラルグウィンへの怒《いか》りが、グレバナスに残されていた人間性の最後のひとかけらを粉々に打ち砕《くだ》いてしまった。グレバナスはゆっくりと立ち上がると、手にしていた杖《つえ》を頭上へ掲《かか》げた。

パンッ

「きゃああああぁぁぁぁぁぁぁぁっ!!」

その瞬間《しゅんかん》、ファスタの身体が深紅《しんく》に染まった。グレバナスがかけた治療の魔法によって閉じられていた全ての傷が一気に開いたのだ。ファスタはその痛みと出血に耐《た》え兼《か》ね、その場に倒れ伏《ふ》した。再び地面に血だまりが広がっていく。

「ファスタ!?」

『動くなラルグウィン！　あの小娘の骨や内臓にかけられている魔法まで解除しても構わんのだぞ!?』

ミイラのようなその顔は、笑っているようだった。その目は落ち窪《くぼ》み何の感情も読み取れないが、そこへまとわりつく狂気《きょうき》だけは誰の目にも明らかだった。

「………これまでか………」

ここでラルグウィンは遂《つい》に自分の敗北を認めた。戦いに敗北した訳ではない。その面ではむしろ勝っていた。だが彼には、どうしても守らねばならないものがあった。彼が負けたのは、彼が人間である事を捨てられなかったからだった。

「ラルグウィン！」

「折角《せっかく》来て貰《もら》ったのに、悪いな青騎士《あおきし》。俺《おれ》は旧ヴァンダリオン派に戻《もど》る」

「そんな事をしたらお前は！」

「分かっている。それでも俺には、見捨てられないものがあるのだ。お前もそうだろう、青騎士?」

「それは…………」

ファスタを見捨てる事が出来れば、ラルグウィンは生き延びられただろう。だがそれは本当に勝ったと言えるのだろうか? 本当に大切なものを差し出した上で生き延びて、果たして何が残るのか? それは死んだも同じではないか? だからラルグウィンは、ただ命を長らえるよりも、短くとも意味のある生を選んだのだった。

『良い答えですねぇ、ラルグウィン殿。基地で帰りを待っているお仲間達《たち》も、きっと喜んでくれる事でしょう』

ラルグウィンの選択《せんたく》に満足したのか、グレバナスは穏《おだ》やかにそう言った。だが誰もが理解している。その穏やかな仮面の裏には、残虐《ざんぎゃく》な狂気が隠れているのだと。

「…………運び屋、ファスタの事を頼《たの》む」

「承知した」

「俺にはもう、彼女を守ってやる事が出来ないのでな」

「ラルグウィン」

「…………お前は俺のようにはなるなよ、青騎士」

その言葉は孝太郎へ向けられたものであったが、ラルグウィンの視線はほんの一瞬だけ灰色の騎士を撫でた。その灰色の騎士は何も言わず、ただ成り行きを見守っていた。

『さあ、参りましょう、ラルグウィン殿。皆《みな》が帰りを待っております故』

グレバナスは先に立って歩き始める。この場所にはもう用はなかった。左腕を失っているし、これ以上青騎士《あおきし》を刺激《しげき》するのもまずい。ここは彼らが大人しくしているうちに逃《に》げの一手だった。

「分かっている。逆らうつもりはない」

ラルグウィンは最後にもう一度だけファスタに目をやってから、グレバナスに続いて歩き始めた。

『騎士殿《どの》もお早く』

「………」

シャキン

灰色の騎士は無言で剣をしまい、先を行く二人の後を追った。孝太郎達は動けなかった。動けばファスタが無残な死を遂げる。だから孝太郎達は、強い敗北感に苛《さいな》まれながら、去っていく三人を見送る事しか出来なかった。

ファスタが目を醒《さ》ました時、そこは宇宙船の中だった。最初は少し混乱したものの、何があったのかはすぐに思い出した。ラルグウィンを助けようとして失敗し、逆にラルグウインに救われたのだ、と。

「………青騎士もショックだったようよ。本当は私達をまとめて捕《つか》まえなきゃいけない筈《はず》だったんだけど、何もせずに去ったわ」

ファスタが意識を失った後に起こった事は真耶が教えてくれた。青騎士達はファスタに応急手当を施すと、エゥレクシスと真耶に預けて去ったのだという。運び屋の二人はファスタを連れて自分達の宇宙船へ戻ると、一旦《いったん》フォルトーゼ星系を離れた。この先どうするにせよ、まずはファスタの治療をしなければならない。それに運び屋もファスタもお尋《たず》ね者なので、首都周辺に留《とど》まるのは危険だったのだ。

「そうか………それで、ラルグウィン様はどうなったのだ？」

「今のフォルトーゼは、彼の話題で持ちきりよ」

「どういう事だ？」

「見た方が早いわね………」

真耶はそういうとコンピューターを操作し、ニュースの映像を呼び出した。するとどの報道社のニュースにも見覚えのある顔が並んでいた。

『先日、神聖フォルトーゼ銀河皇国に対して宣戦布告を行ったラルグウィン・ヴァスダ・ヴァンダリオンについての続報をお伝えします。彼が率いるフォルトーゼ解放軍はラレンジィ星系で――』

「ラルグウィン様！」

どのニュースも同じ情報を伝えていた。それはラルグウィンがフォルトーゼ解放軍という軍事組織を立ち上げ、神聖フォルトーゼ銀河皇国に対して宣戦布告を行ったというものだった。

「……いや、違う……誰なんだ、この男は………？　教えてくれ、運び屋！　ラルグウィン様の姿をしているこの男は、一体何者だっ⁉」

だがファスタはすぐに異常に気が付いた。ラルグウィンとして報道されている人物は、絶対にラルグウィンではない。その瞳の奥に宿る光が全く異なっているのだ。彼女が敬愛するラルグウィンはこんなに暴力的な瞳はしていなかった。

「………その男の名は、ビオルバラム・マクスファーン。ラルグウィンの身体を奪って復活した、伝説の暴君よ………」

孝太郎達はラルグウィンを守れなかった。ラルグウィンはグレバナスに連れ去られ、二千年前の人間を蘇生《そせい》する為《ため》に使われた。その男の名はビオルバラム・マクスファーン。伝説の皇女アライアの宿敵であり、青騎士《あおきし》に討《う》たれた、因縁《いんねん》の男だった。

ころな陸戦規定

NEW!

2011/11/12

議事録第五八八号より抜粋
ユリカ、どうか今だけは、ベルトリオンをそっとしておいてあげて下さいまし。
………はい、ですぅ………。

あとがき

お久しぶりです、著者の健速《たけはや》です。早いもので目の手術から一年が経過しました。経過は良好で、脳が慣れたのか大分《だいぶ》見易くなってきました。流石に四十年以上使っていた水晶体を眼内レンズに変えた訳なので、慣れるまで少し時間がかかりました。眼鏡を作り直せばもう少し見えるようになると思います。実は今使っている眼鏡は手術直後に作った間に合わせのものなのです。そんな訳で手が空いたら作りに行ってこようと思っています。

それとバイクでの遠出も再開しました。ただしもうしばらくは、片道で何時間もかかるような場所には行かないつもりでいます。やっぱりこういう事は、慣れた頃の過信が一番危険です。

まとめると目の問題はそろそろ解決という事になると思います。この歳で白内障になってしまい一時はどうなる事かと思っていましたが、幸い日常生活には大きな影響がないくらいに落ち着きました。ただ多少、家が埃《ほこり》っぽくなったかなという気はします。小さくて色が薄い物が見え辛いので、掃除が行き届かなかったりする訳です。まあ、その程度は仕

方ないか。あまり贅沢《ぜいたく》は言わないでおきます（笑）

私の近況はこのぐらいにして、そろそろ作品の内容について触れていこうと思います。今回は内容が内容なのでネタバレありです。まだ本編をお読みでない方は、ここであとがきを読むのを止める事をお勧めします。

今回のお話では、前の巻で捕えたラルグウィンの移送に絡んで、あれこれ事件が起こります。集中治療室を出たラルグウィンを隔離施設へ移す必要がある訳ですが、彼の身柄を狙う者達が居る訳です。孝太郎達はそれを防ぐ為に奮闘します。

この巻では敵が遂に本格的な攻撃を仕掛けてくる訳ですが、その戦い方がこれまでとは決定的に違っています。今回の敵であるグレバナスは、孝太郎達と同じく科学も霊力も魔法も使います。つまり孝太郎達が強かった理由が、そのままグレバナスにも適用されてしまうのです。

孝太郎達の強さは、常に相手の弱点を突いて戦える事にありました。フォルトーゼの武器と防具は強力ですが、霊力を使った攻撃に対しては脆弱《ぜいじゃく》です。霊力は魔法の多彩な妨害や攻撃に弱く、呆気《あっけ》なくやられてしまいます。魔法はやはり呪文の詠唱がネックとなっていて、フォルトーゼの武器で正確に素早く攻撃され続けると、呪文を唱えている暇がありません。加えて魔法は個人の才能や努力に頼る技術ですので、そもそも多くの場所に配置出来ないという大きな弱点があります。こうしたそれぞれの弱点に対して、孝太郎達はその時々に応じて適切な攻撃を加える事が出来ました。魔法使いが攻めてくればティアが銃弾の雨を降らせるし、幽霊が襲ってくればゆりかが魔法で昇天させてしまう訳です。

そしてこの孝太郎達の戦い方は、今のグレバナスにも出来てしまいます。彼は元々大魔法使いであり、既に霊子力技術を手に入れています。更には旧ヴァンダリオン派の主導権を握っている限りは、フォルトーゼの先進科学で作られた兵器が使える訳です。そうなんですね、遂に孝太郎達と対等な敵が出て来てしまったのです。ラルグウィンは惜しかったのですが、完全にそこへ至る前に戦いを急がねばならず敗北しました。

混沌の渦を除外して考えると、対等な敵の出現はエゥレクシス以来であり、何よりグレバナスはモラルに縛られていません。その結果がこの巻で起こった大混乱な訳です。それに加えて最後にマクスファーンが帰ってきました。既にある科学と霊力と魔法に、マクスファーンの指揮官としての適性が加わる訳です。放っておけば大変な事になるでしょう。孝太郎達は苦戦は必至です。今後の展開に御期待下さい。

今後と言えば、次の巻はどうするんだっけかな。去年は手術のしわ寄せで飛ばしてしまったので、しばらくぶりにへらくれす巻かもしれません。ナルファさんのお兄ちゃんの頑張りで、孝太郎君が別の意味でも追い詰められている事でもありますし（笑）

今回のあとがきは四ページくらいという話でしたので、そろそろ終わりにしようかと思います。それでは最後にいつものご挨拶を。

この本を出すにあたって御協力頂いたＨＪ文庫編集部及び関連企業の皆様、急に海賊とか言い出してもちゃんと絵にして下さるイラスト担当のポコさん、そしてこの第四十三巻という恐ろしい巻数にも負けずについて来て下さっている読者の皆様に、深く御礼を申し上げます。

それでは四十四巻のあとがきで、またお会いしましょう。

二〇二三年　六月

健速

HJ文庫 https://firecross.jp/
1097

六畳間の侵略者!? 43

2023年7月1日　初版発行

著者—— 健速

発行者—松下大介
発行所—株式会社ホビージャパン

〒151-0053
東京都渋谷区代々木2-15-8
電話　03(5304)7604（編集）
　　　03(5304)9112（営業）

印刷所——大日本印刷株式会社

装丁——渡邉宏一／株式会社エストール

ISBN978-4-7986-3219-3　C0193

単行本①～⑤巻
好評発売中!
原作／健速
キャラクター原案／ポコ
漫画／有池智実
六畳間の侵略者!?
5
堂々完結!!!

コミック版
漫画:六畳間の侵略者!?
ファイアCROSS
firecross.jpにて配信中!

勇者パーティーを追放された精霊術士1

最強級に覚醒した不遇職、真の仲間と五大ダンジョンを制覇する

著者／まさキチ
イラスト／雨傘ゆん

最強主人公による爽快ざまぁ＆無双バトル

若き精霊術士ラーズは突然、リーダーの勇者クリストフにクビを宣告される。再起を誓うラーズを救ったのは、全精霊を統べる精霊王だった。王の力で伝説級の精霊術士に覚醒したラーズは、彼を慕う女冒険者のシンシアと共に難関ダンジョンを余裕で攻略していく。